AF272270

F. U. Ricardo

Rhonetal, Glück und Qual!

FSC
www.fsc.org

MIX

Papier aus ver-
antwortungsvollen
Quellen
Paper from
responsible sources

FSC® C105338

F. U. Ricardo

Rhonetal, Glück und Qual!

Ricardo, F.U.
Rhonetal – Glück und Qual!
– 1. Aufl. – 2012
Herstellung und Verlag:
Books on Demand GmbH, Norderstedt (www.bod.de)
ISBN: 978-3-8482-2612-2

*Denn gleichwie der Regen und Schnee
vom Himmel fällt und nicht wieder dahin zurückkehrt,
sondern feuchtet die Erde und macht sie fruchtbar und
lässt wachsen ..., so soll das Wort, das aus meinem
Munde geht, auch sein ...!*

Jesaja 55, aus Vers 10

Aber wo ist dieses Wort zu hören?
Suchen, aber mit ehrlichem Verlangen;
dann wird man es finden!

F. U. Ricardo

Einleitung

Die Rhone ist einer der Flüsse, der in den Schweizer Alpen entspringt und eigentlich nur gute 800 Kilometer lang ist. Trotzdem ist sie nach Verlassen des Genfersees und der Schweizer Grenze der wasserreichste Fluss Frankreichs, ehe sie sich in zwei Mündungsarmen, zwischen denen die vor allem durch die weissen Pferde bekannte Camargue liegt, mit dem Mittelmeer vermählt.

Trotz des relativ kurzen Flusslauf im Vergleich mit anderen Gewässern dieser Welt, ist sie geprägt durch äusserst abwechslungsreiche Landschaften, Völker und eine grosse Geschichte, die zum Teil viel Freude, aber auch – wie immer in dicht besiedelten Gebieten – grosse Tragik beinhaltet.

Beginnen wir also an ihrer Quelle, beim einstmals imposanten, selbst heute noch sehenswerten Rhonegletscher nahezu 1'800 Metern über Meer im Hochgebirge des Schweizer Alpenmassivs!

1

Josef Kalbermatten, ein vielleicht komischer, aber typischer Walliser Name, etwa siebzigjährig, mit wirrem grauen Vollbart und einer alten Tabakspfeife im nahezu zahnlosen Mund, mit wettergegerbtem Gesicht und listigen Äuglein, erklärte in Weiler Gletsch beim Hotel Belvédère einer Touristengruppe von etwa dreissig Leuten aus Deutschland:

„Sie sehen hier wie überall, dass die Gletscher langsam schmelzen und leider gegen Ende dieses Jahrhunderts vermutlich nahezu ganz verschwunden sein werden. Noch im neunzehnten Jahrhundert reichte die Gletscherzunge bis hierher. Trotzdem hoffe ich, dass für Sie, als Flachlandindianer, unsere hehre Bergwelt der Viereinhalbtausender doch was Besonderes und ein Erlebnis der anderen Art bedeutet.

Heute ist allerdings der einst mächtige Rhonegletscher nur noch etwa zehn Kilometer lang und weist eine Fläche von siebzehn Quadratkilometern auf. Aber schon meine Urenkel werden erleben müssen, dass selbst das Wasserschloss Europas, die Schweiz, nicht mehr über unbegrenzte Wassermengen verfügen wird. Dies sei alles wegen der Klimaerwärmung, erklären unzählige Wissenschaftler und Wetterpropheten. Unser Herrgott kann ja auch wieder mal eine kleine Eiszeit kommen lassen, dass sich alles ändert! Früher waren römische Legionäre zu Fuss über die Alpen nach Helvetien gekommen, die heute von Eis bedeckt sind. Also etwas Vorsicht bei allen Prognosen ist nicht ganz verkehrt! Auch in der Natur gibt es ein auf und ab!"

Während gestaunt, diskutiert und gefilmt wurde, vorher bei der schwindenden Gletscherzunge und auch jetzt im früher wohl rege genutzten Hotel, meinte eine Dame in den besten Jahren aus Wuppertal: „Guter Mann, wenn Sie Tag und Nacht ihre grausige Pfeife rauchen, tragen Sie damit auch zur Klimaerwärmung bei!", und wischte mit der Hand die für sie stinkigen Rauchwolken vor ihrer Nase beiseite.

„Seien Sie dankbar, gute Frau, dass Sie nicht bei uns wohnen müssen, denn bei uns rauchen sogar die alten Frauen Pfeife. Dafür müssen wir dann aber im Winter weniger heizen und benötigen weniger Heizöl! So sind halt die Naturvölker", lächelte Kalbermatten und stiess absichtlich eine Rauchwolke ins Gesicht der Dame, die sich prustend abwandte, während er dachte: „Dumme Kuh!"

Frau Schmidt aber sinnierte ihrerseits: „Wir sind doch hier nicht bei den Indios in den Anden, du Flegel! Nun, ein Naturbursche bist du allerdings, aber nicht ein Fall, um sich zu verlieben! Eine Zahnreinigung hat er auch nicht mehr nötig, denn seine kleinen und abgewetzten Stummel sind vom Pfeifenrauchen bereits bräunlich-schwarz! Schlagfertig und schlau ist er zwar allerdings doch, wenngleich sein Deutsch ein Graus ist und meine Ohren beleidigt!"

Die Gruppe zog sich also später nach dem obligaten Gang durch das ausgehauene Eisgewölbe mit seinen phantastischen Farbenspielen ins alte ehemalige Hotel zurück zu einem guten Weisswein, Walliser Trockenfleisch und ziemlich hartem Bauernschwarzbrot, was den meisten mundete. Die Dame aus Wuppertal dachte sich aber dabei: „Wie kaut nur unser Klotz von Gletscherführer dieses steinharte Fleisch? Oder spült er dieses einfach mit dem Weisswein hinunter? Wirklich, diese Naturvölker sind kurios!"

Plötzlich schrie sie laut „Aua!", denn sie hatte sich einen Schaufelzahn ausgebissen und zog alle Blicke und die Lacher auf sich, was ihr natürlich äusserst peinlich war.

„Keine Sorge, Madame, Sie haben nicht das Fleisch einer vertrockneten Gletschermumie gegessen. Wir haben hier im schmelzenden Eis noch keinen Ötzi aus früheren Jahrhunderten entdeckt Das Fleisch stammt wirklich von unserem prächtigen Walliser Rindvieh!", tröstete sie der Bärtige, der bereits wieder an seiner Pfeife schmauchte. „Das gute Aroma bekommt das Fleisch, weil dieses viele Wochen lang an der guten Bergluft getrocknet wird!"

„Ich hörte, dass auch in der Schweiz in den Gaststätten Rauchverbot herrscht!", meinte die Angesprochene giftig.

„Das schon! Aber wissen Sie, zu uns kommt kein Kontrolleur wegen einer solchen Bagatelle! Zudem sind die Wenigen, die noch hier leben, praktisch alle miteinander verwandt. Hier zählt man halt schon etwas weniger Menschen als im Ruhrpott, und hier herrscht vor allem Freiheit!"

„Flegel!" Nun brachte sie endlich über die Lippen, was sie die ganze Zeit dachte. Nur der Flegel tönte urkomisch mit nur noch einem Frontzahn und hörte sich an wie „Egel"!

„Nein, Egel, also Blutegel, haben wir hier keine! Der nächste Zahnarzt ist etwa 50 Kilometer weg, wenn Sie einen suchen", lachte Kalbermatten, „damit Sie Ihr schönes Hochdeutsch wieder verständlich sprechen können!"

„Im Gegensatz zu Ihnen, der das nie lernt und wohl auch noch nie bei einem Zahnarzt war!"

„Wissen Sie, die Touristen geben zu wenig Trinkgeld, als dass wir uns einen Zahnarzt leisten könnten!", konterte er, zum Gaudi aller Anwesenden.

Frau Schmidt schmiss ihm einen Franken hin und meinte: „Wenn jeder und jede soviel gibt, können Sie bei diesen Touristenströmen ja vielleicht bald ein anständiges Hotel mit anständiger Verpflegung eröffnen!" Sprach's und ging hocherhobenen Hauptes in den Reisebus, wo sie in stoischer, aber nur äusserlicher Ruhe eine geschlagene Stunde auf die Gruppe wartete.

Kalbermatten lachte, gab das Frankenstück einem der Touristen mit und bemerkte: „Geben Sie dieses Vermögen der Dame doch zurück. Sie braucht das viele Geld bestimmt beim Zahnarzt. Und bis dahin seid ihr vor ihrem Mundwerk einigermassen sicher!"

2

Durch das Wallis fliesst die noch junge Rhone als lieblicher Bach und später als Fluss, vorbei an Bergriesen mit ewigem Schnee und Hängen voller Reben. Sie grüsst auch die Hauptstadt des Kantons, namens Sitten, beschreibt dann bei Martigny einen markanten Bogen von neunzig Grad und fliesst dann nach Norden in den Genfersee.

Die Reisegruppe liess sich durch die Gegend kutschieren, teils begeistert von der Schönheit der Landschaft, teils schlafend. Von wegen, Weisswein macht wach oder sogar aggressiv! Nach genügender Menge macht er ebenfalls schläfrig! Die vielen Seitentäler mit den berühmten Orten wie Zermatt mit dem Matterhorn, einer der meist fotografierten Berge der Welt, der Gornergratbahn oder das ebenfalls bekannte Dorf Saas Fee mit der einzigartigen Berg- und Gletscherlandschaft, gaben viel Stoff für den neuen Reiseleiter, jetzt ein anderer Walliser, der ziemlich weltgewandt die nicht Schlafenden unterhielt.

So rekapitulierte er auch die Geschichte aus dem Roman von J. C. Heer „An heiligen Wassern" und erzählte jene dramatische und tragische Story in Kurzform. In dem kleinen und äussert regenarmen Dorf St. Peter war die Wasserversorgung früher nur durch hölzerne Kännel, die vom Gletscher direkt ins Dorf führten, möglich. Diese an steilen Felswänden angebrachten Leitungen mussten ständig repariert werden, denn sie wurden durch Steinschlag und Lawinenniedergänge immer wieder beschädigt. Die Reparatur war lebensgefährlich. Viele stürzten dabei zu Tode. Der Mann, der jeweils diese Flickarbeit vornehmen musste, wurde durch das Los bestimmt. Dass dabei auch eine rührselige Liebesgeschichte mitspielte, versteht sich von selbst.

„Bekommt unser Reiseleiter wohl Prozente vom Verkauf dieser Bücher?", fragte ein Passagier den anderen. „In Zeiten des Internets, Facebook und iPhone, wer liest denn da noch schwülstige Geschichten aus der Schweizer Bergwelt?"

„Ich besitze dieses Buch in meiner ziemlich umfangreichen Bibliothek und möchte es nicht missen!", meinte der Angesprochene. „Es zeigt die Nöte und grossen Schwierigkeiten dieser Gegenden, die wir uns als durchfahrende Touristen gar nicht vorstellen können! Schön, wenn man sich auch mal etwas in vergangene Zeiten zurückversetzen kann!"

„Auch einer, der also in der Vergangenheit lebt! Ein hoffnungsloser Fall!“, dachte der Sprecher, und gesellte sich zu den Schlafenden im Bus.

Schliesslich erreichte die Gruppe Sitten und damit den Ort, wo sie im Hotel Elite übernachten konnten, für die meisten vermutlich der einzige Grund, sich für diese Stadt etwas zu interessieren. Nur ist Sitten, oder besser gesagt Sion, heute zu 70 Prozent französischsprachig, was aber die meisten gar nicht so richtig mitbekamen, denn im Hotel spricht man natürlich auch Deutsch, wenn auch mit diesem für viele drolligen und kehligen Schweizer Akzent.

Auf eine Stadtrundfahrt verzichteten die meisten, so dass diese kurzerhand abgesagt wurde. Eigentlich schade, denn es wäre manch schöner Schnappschuss für die Kameras vorhanden, so zum Beispiel die mächtige Wallfahrtskirche Notre-Dame de Valère, die auf einem Felsen über der Stadt thront, die pittoreske Altstadt oder die kürzlich freigelegten über zweihundert Gräber aus der ersten Eisenzeit so um 800 bis 500 v. Chr. Auch die einzige noch spielbare Orgel der Welt aus dem Jahre 1430 wäre zu besichtigen. Ganz zu schweigen von der schönen Szenerie mit alten Schlössern und Rebbergen in einer der ältesten Städte der Schweiz.

Wen kümmert das aber in einer übermüdeten Gruppe, die vom Flughafen Zürich über einige Alpenpässe geschaukelt wurde und jetzt zudem noch hungrig und vor allem durstig ist?

Eigentlich niemand, denn die gesamte Reise ist ja noch weit und lang! Interessanterweise zogen sich aber die meisten noch lange nicht zum Schlafen zurück, sondern tranken und schwatzten die halbe Nacht hindurch über Gott und die Welt.

3

„Blödsinnig, so früh das Frühstück anzusetzen und weiterzufahren!", murrten einige am andern Morgen, noch etwas verkatert. „Die Schweiz ist doch ein kleines Land, und wir werden gewiss noch früh genug in Montreux eintreffen!"

„Wissen Sie, *so klein* ist die Schweiz nun auch wieder nicht, und die Distanzen hier sind einfach nicht zu vergleichen mit denen in Deutschland, wo man hundert und mehr Kilometer geradeaus fahren und dazu mit wenigen Geschwindigkeitsbegrenzungen rasen kann. Die vielen Berge und die unzähligen Kurven machen selbst ein kleines Land manchmal grösser. Zudem ist Montreux sowie auch Lausanne und vor allem Genf eine wunderschöne Stadt und die Gestade des Sees ein Traum!", erklärte ein Herr Krause aus Dortmund. „Man nennt Genf auch Klein-Paris, und das wohl zu Recht!"

„Kennen Sie denn die Gegend?"

„Ja, ich war schon mehrmals dort und bin immer wieder begeistert!"

Teils neugierig und teils noch etwas schlaftrunken stieg die Gruppe in den Bus. Der Fahrer und der Reiseleiter hatten hier schon wieder gewechselt, und beide sprachen Deutsch mit einem französischen Akzent, den aber alle sehr charmant fanden.

„Ich werde in Genf zu einem Zahnarzt gehen und stosse dann je nach Dauer der Behandlung später wieder auf euch, denn ich kenne ja den Reiseplan!", erklärte Frau Schmidt aus Wuppertal. Dann schwieg sie eisern, was für sie schon eine kolossale Leistung bedeutete.

Der Bus durchquerte Martigny. Auf die Frage, ob jemand das dortige Bernhardinermuseum besuchen wolle, eine Schweizer Hunderasse, ein Haus voller schöner Geschichten von Lebensrettern in Schnee-stürmen und mit dem berühmten Schnapsfässchen aus Holz am Hals, zeigte niemand besonderes Inte-resse. Schade, denn es sind drollige Tiere, und es ist eine der grössten Hunderassen.

„Ich habe auch eine Schnapsflasche bei mir, und nicht nur bei Schneestürmen!", witzelte ein Herr Schulze aus Köln. „Überdies sind mir Deutsche Schäferhunde sympathischer!"

„Diese sollen aber direkt vom Wolf abstammen!", grölte ein anderer Fahrgast.

„Und wir Menschen natürlich vom Affen!", quittierte ein weiterer Tourist. Unter Gelächter ging die Fahrt weiter an die Gestade des Lac Léman.

„Wäre es nicht auch eine Möglichkeit, dass im Verlauf einer Rückwärtsevolution gewisse Affen vom Menschen abstammen? So, wie sich mancher benimmt, ist das gar nicht so abwegig!"

„Eine interessante Theorie! Wenn wir diese weiter diskutieren, gehen aus unserer Gruppe vielleicht noch einige Autoren von neuen Werken hervor, die aber sowieso niemand liest!"

Allmählich wurde die Gesellschaft ruhiger. Man staunte wirklich über diese Bilderbuchgegend, die sich ihnen eröffnete. In Montreux, dem alten Nobelkurort vor allem der Engländer, assen sie zu Mittag im Hotel Montreux-Palace. An der Uferpromenade stehen die meisten Hotelpaläste, das Kongresszentrum, das Casino, und man geniesst einen herrlichen Ausblick auf den Genfersee mit den grossartigen Zacken des Dent du Midi im Hintergrund, einem Bergmassiv, hinter dem die Welt eigentlich ohne Weiteres zu Ende sein könnte, so erhaben steht dieses seit Ewigkeiten da.

Zuvor war ein kurzer Halt eingeplant beim Schloss Chillon, eine der beliebtesten Bildvorlagen der Schweiz und eine der schönsten Wasserburgen weit und breit. Da klickten wieder Handys und Fotoapparate unaufhörlich, und manch einer meinte: „Hier bräuchte man mehr Zeit! Hier grüssen sich verschiedene Jahrhunderte menschlichen Handelns."

Die Allermeisten waren ehrlich hingerissen von der ganzen Szenerie der prächtigen Landschaft und des majestätischen Sees.

Immerhin ist der Lac Léman der wasserreichste See Mitteleuropas und wird hauptsächlich durch die Rhone gespeist. Wenn das Wasser dann wieder bei Genf den See verlässt, so benötigte dieses für den Durchfluss im Durchschnitt *über elf Jahre!* Man stelle sich dies einmal vor! Wir Menschen hetzen von einem Termin zum andern, schauen dabei unablässig auf die Uhr und haben keine Zeit. Und die Natur? Sie hat keine Uhr, sie hat aber Zeit, viel Zeit! Die „innere Uhr" richtet alles!

„Hier lohnt es sich wirklich, einen Abend und eine Nacht zu bleiben!", schwärmte ein Tourist namens Erich Müller, der sich schon einige Zeit bemühte, sich an ein reizendes und etwas scheues junges Fräulein aus Düsseldorf heranzumachen. „Sind Sie nicht auch dieser Meinung?", fragte er lächelnd Elfriede Möhle, ebenfalls aus der Düsseldorfer Gegend.

Scheues junges Fräulein? Ja, so was soll es, wenn auch selten, sogar heutzutage noch ab und zu geben! Und das reizt natürlich sondergleichen, besonders wenn das Geschöpf recht sexy und hübsch ist.

Die angesprochene Dame meinte darauf: „Ja, gewiss. Und möglichst alleine sollte man sein, um dies alles in der Stille und Schönheit geniessen zu können!", antwortete diese etwas schnippisch.

„Zu zweit lässt sich aber alles vielleicht noch besser geniessen!", meinte darauf Erich Müller mit versöhnlicher Stimme.

„Na warte, mein kleiner Eisbrocken, es kommen auf unserer Reise noch etliche einsame Nächte. Einmal bist auch du reif für ein Abenteuer, oder bist du eine Lesbe?", dachte er und liess im Moment von ihr ab. Seine Augen aber verfolgten sie immer und immer wieder, denn sie war eine äusserst liebreizende Person. Gerade diese scheue Abweisung gefiel ihm ausserordentlich.

Die heutige Fahrt war sehr eindrücklich. Nach den Viereinhalbtausendern mit sogenanntem ewigem Schnee waren sie hier in Montreux noch bei Zweitausendern. Und morgen würden sie allmählich in flachere Zonen kommen. Das Bild der fruchtbaren unteren Rhoneebene mit ihren unendlichen Rebber-

gen, mit den grossen Aprikosen-, Pfirsich- und To-
matenfeldern, erzeugte schon den Eindruck, dass
selbst die gebirgige Schweiz sich gut selbst ernähren
könnte, wenn die Bevölkerung in ihren Essgewohn-
heiten nicht so masslos überzüchtet wäre wie überall
in der wohlhabenden westlichen Welt, und Erdbee-
ren an Weihnachten, Mango das ganze Jahr über und
viele Erzeugnisse aus den hintersten Winkeln der
Erde geniessen wollte, auch um zu zeigen, was man
sich alles leisten kann.

4

In Montreux bogen sie am nächsten Morgen ab auf die Autobahn und verpassten dadurch die detaillierte Sicht auf die wohl teuerste Wohnlage der Schweiz mit Traumvillen am See, bei denen der Gärtner mehr kostet als eine Vierzimmerwohnung in einer mittleren und nicht billigen Stadt. Vielleicht war das gut so, denn manch einer mit sozialer oder gar sozialistischer Ader wäre dadurch wohl geplatzt vor Neid und Wut! Auch die schöne Stadt Lausanne liess man aus Zeitgründen buchstäblich links liegen.

Dafür war dann die Einfahrt in die Stadt Genf, mit Blick auf den 140 Meter hohen Wasserstrahl des Jet d'eau, dem berühmten Springbrunnen, und die Skyline wirklich imposant. Keine Wolkenkratzer à la Amerika, aber Eleganz pur, wirklich Petit Paris!

Alle waren entzückt, auch vom Hotel „Du Rhône", dem der Fluss den Namen gab, der dort schon mit Macht weiterfliesst Richtung Frankreich, nachdem die Wasser zuvor viele Jahre lang im See geschlafen hatten. Die Preise im Hotel haben aber nicht geschlafen, sondern sind munter geklettert und bei dem heutigen Wechselkurs auch für Deutsche unverständlich. Nun, man ist schliesslich aber eben in Genf! Zudem ist alles im Totalarrangement inbegriffen, ausgenommen natürlich die sündhaft teuren Getränke!

„Vielleicht finde ich hier endlich einen Zahnarzt, der mir mein scheussliches Loch im Mund reparieren kann und der sogar Deutsch spricht!", klagte Frau Schmidt aus Wuppertal. „Ich hoffe nur, dass dies nicht meine Finanzplanung für den Rest des Jahres aus dem Rahmen drängt!"

„Vielleicht wird hier in dieser grossartigen Szenerie endlich das leckere Mädchen Elfriede Möhle etwas schwach", dachte Herr Müller aus der Düsseldorfer Gegend.

Nun, was ist das Berühmteste von Genf? Hier gäbe es einen ganzen Katalog zu erstellen. Gewiss existiert dieser schon. Machen wir es also ganz kurz: Grossartige Geschichte, viele berühmte Persönlichkeiten, welscher Charme und Lebensfreude gepaart mit Geschäftstüchtigkeit, die den Wohlstand brachte und weiter bringt, Reformation unter Calvin, Völkerbund, UNO, und natürlich das Internationale Rote Kreuz, Sitz vieler weltweit tätiger Firmen! Weiteres aufzuzählen erübrigt sich, denn die Interessen und Geschmäcker sind zu verschieden.

Auf der Rue du Montblanc wurde allerdings Herrn Müller die sündhaft teure Rolex-Armbanduhr geklaut. Dieser vergass vor lauter Ärger darüber eine Weile seine angebetete Elfriede und schalt sich einen Trottel, dies nicht bemerkt zu haben. Eine Anzeige gegen Unbekannt würde wahrscheinlich wenig bringen, denn die Stadtpolizei bekommt solche und ähnliche Klagen bestimmt täglich zuhauf.

„Wir sind doch hier nicht in Palermo!", fluchte Müller auf dem Polizeiposten, aber dort schüttelte man nur bedauernd die Achseln und versprach, der Sache nachzugehen.

„Überall ist heute Palermo, Monsieur! Denken Sie nur mal darüber nach, dass wir in Genf vierzig Prozent Ausländer haben. Gewiss, auch nicht alle Schweizer sind über alle Zweifel erhaben!", bemerkte einer der Beamten der Polizei. „Zudem ist hier überall die Grenze nah, und in Frankreich leben viele arbeitslose Nordafrikaner. Die Kriminalität nimmt leider bei uns sehr stark zu!"

Nach einem ganzen Tag und einer kurzen Nacht verliess die Gruppe die Schweiz und wollte nun das Rhonetal in Frankreich erkunden.

„Die Schweiz ist ein wirklich prächtiges Land mit viel Abwechslung auf relativ kleinem Raum. Aber die Preise sind einfach verrückt!", stellten die meisten Touristen fest.

„Mag sein! Aber Einheimische kennen auch noch Gebiete, in denen es sich weniger aufwändig und doch gut leben lässt. Zudem ist das Lohngefüge hier auch bedeutend höher als bei uns", erklärte ein Kenner des Landes.

„Und die Steuerbelastung ist auch bedeutend niedriger! Darum hauen bei uns so viele Reiche ab und nehmen hier Wohnsitz!"

„Was für den einfachen Bürger wohl nie möglich sein wird!", schlussfolgerte ein anderer in der Gesprächsrunde.

„Nun sind wir also auf dem Territorium der sogenannten ‚Grande Nation', Mesdames et Messieurs!", erklärte jetzt der Reiseleiter. „Atmen Sie also etwas von dieser alten Grösse des Landes und auch des Rhonetales, das von wunderbaren Weinbaugebieten nur so strotzt. Ja, ich weiss auch, von dieser alten Grösse ist nicht mehr sehr viel vorhanden. Bedenken Sie aber, dass es noch gar nicht so lange her ist, wo Französisch die Sprache der Diplomatie, die Sprache der Königs- und Kaiserhäuser war, und dass alles erst in der neueren Zeit durch Englisch abgelöst wurde. Jeder Franzose ist auch heute noch stolz auf seine Sprache und die Geschichte des Landes!"

5

Die erste Station war Lyon, immerhin drittgrösste Stadt Frankreichs. Sie liegt am Zusammenfluss der Rhone und der Saône zwischen dem Jura, den Alpen im Osten und dem Zentralmassiv im Südwesten. Nördlich erstreckt sich das Weinbaugebiet Beaujolais, südlich schliesst sich das andere berühmte Gebiet Côtes du Rhône an. Für manchen ist Lyon einfach Symbol für die weit herum bekannte Lyoner Wurst, die man aber in dieser Art dort kaum kennt, hingegen ist die Cervelas Lyonnaise mit einer Mischung aus Wurst, Trüffeln und Pistazienkernen, also eher à la Paul Bocuse, dem grossen Küchenchef, der hier seine Wurzeln hatte, sehr bekannt und beliebt.

Lyon ist eine Grossstadt mit allem Vorteilen und Nachteilen. Man kann sich natürlich imposante Gebäude anschauen, unzählige Museen besuchen, auf alle Art vergnügen und sich mit seiner bewegten Geschichte auseinandersetzen. Man kann sich auch die dunklen und schmutzigen Seiten zu Gemüte führen und dabei in echte Lebensgefahr hineinschlittern, jeder nach seinem Gusto. Oder von alledem ein Mix, der das pralle Leben zeigt.

„Wie sagt man? Dem Mutigen gehört die Welt, und nur die Phantasielosen empfinden keine Angst!“, meinte Herr Müller. „Also, ein bisschen Angst oder Furcht ist ja gerade der Reiz eines solchen Spaziergangs. Wir leben in einer so technisierten und langweiligen Welt, dass eine solche Abwechslung direkt reizt!“ So machte er sich mit zwei weiteren Kumpanen aus der Gruppe unternehmungslustig auf ins Milieu der Stadt, dort, wo auch nachts kaum jemand schläft.

Ziemlich angeheitert torkelten die drei jungen Männer schliesslich um Mitternacht herum in den Parc de la Tête d'or, den Park des goldenen Kopfes, allwo es auch einen See gibt. „Komischer Name und komischer Park!“, meinte Müller. „Aber gerade recht für komische Vögel wie wir!“

„Hier hat es noch viele andere Vögel und Affen, denn hier muss noch ein Tierpark, ein Zoo sein!“, erklärte einer seiner Begleiter. Nun, Galgenvögel und Affen der Gattung Homo sapiens hatte es hier um mitternächtliche Stunde vermutlich auch ohne Zoo jede Menge, natürlich nebst Liebespaaren und einigen Besoffenen. Jedenfalls wurden die drei bald einmal von einer Gruppe Jugendlicher angepöbelt und nach Geld gefragt, ansonsten würde Blut fliessen. Diese Forderung wurde in Französisch und Englisch gestellt.

„Wir sind Touristen!"

„Auch gut, die haben meistens mehr Euros als wir arbeitslosen Franzosen!"

„Arbeitslos? Wohl eher zu faul, um zu arbeiten! Und Franzosen? Dafür habt ihr eine zu komische Visage und eine zu dunkle Hautfarbe!" Das hätte Müller besser nicht gesagt. Aber einen geworfenen Stein und ein gesprochenes Wort kann man nicht zurücknehmen.

Nun, es waren wirklich Franzosen, vor einiger Zeit eingebürgert, aber ohne Arbeit, ohne Geld und drogenabhängig, aus den sogenannten Banlieues, zu Deutsch „Bannmeilen", also Randbezirke grosser französischer Städte, in denen der Anteil an Immigranten hoch ist. Meist sind das auch grosse soziale Brennpunkte mit Problemen wie Arbeitslosigkeit, Kriminalität und Drogenkonsum.

In solchen sensiblen, ja schmutzigen und vom Verfall bedrohten Plattenbauorten Frankreichs leben gegen fünf Millionen Menschen, ein Riesenproblem, das kaum zu lösen ist, mit vielen Bewohners aus den ehemaligen Kolonialgebieten. Wahrlich, das wäre eine Herkulesaufgabe der höchsten Regierung. Aber wer hat echtes Mitleid und echtes Interesse? Bringt das Wählerstimmen für die Wiederwahl? Kaum, im Gegenteil, man könnte noch Stimmen von besorgten oder verärgerten Bürgern verlieren.

So regiert dort nicht eine Regierung, weder die der Stadt noch die des Staates, sondern Verzweiflung, Sinnlosigkeit und Hass. Müllers Worte waren darum der Zündstoff an der Lunte, die immer wieder Explosionen hervorbringt.

„Klaut den Saukerlen erst mal die Uhr, das Handy und das Portemonnaie!", befahl der Anführer der Bande. „Dann sehen wir weiter, ob wir ihnen noch ein bisschen wehtun wollen!"

„Meine Uhr wurde mir schon in Genf geklaut, von Leuten eures Gelichters. Ihr könnt ja mal dort nachfragen. Kleiner Tipp: Es war vorgestern in der Rue du Montblanc und am helllichten Tag!", stiess Müller wütend hervor und zeigte sein leeres Handgelenk.

„War wohl eine günstige Swatch-Uhr für 20 Euro, nicht? Solche Dinger tragen doch so noble Touristen wie ihr! Genf kennen wir nicht, aber gewisse Schmerzpunkte am menschlichen Körper kennen wir gut, und zwar aus eigener Erfahrung!"

„Also richtige Wüstensöhne!", fluchte Müller, „richtige Kameltreiber"!

Während einer seiner Trinkkumpane schrie: „Halt doch endlich deine Fresse! Du machst die Jungs ja nur noch verrückter!", heulte Müller bereits tierisch auf, denn einer des Clans hielt ihn fest wie in einem Schraubstock, während ein zweiter ihn irgendwie am Hals so scheusslich drückte, dass ein höllischer Schmerz durch seinen ganzen Leib zuckte. Nachdem der Schraubstock ihn endlich fallen liess, sackte er zu Boden wie ein ausgelaugter Lumpen.

„Nehmt ihnen noch die Pässe ab! Vielleicht können wir diese auch irgendwie verhökern!", schrie der Anführer, und zum am Boden liegenden Müller meinte er: „Hier, das ist noch für den Kameltreiber, du deutscher Idiot! Wir sind Franzosen, sehr geehrter Herr, und hier hat es viele Kamele, die sich aber von uns nicht treiben lassen!"

Dann stiess er Müller ein Messer bis zum Heft in den Bauch, zog dieses blitzschnell wieder heraus, und die ganze Bande war in Sekundenschnelle verschwunden.

6

„Lyon ist wirklich eine schöne Stadt", schwärmten die meisten der Reisenden am nächsten Morgen beim Frühstück. „Wo ist eigentlich unser Herr Müller?", fragte plötzlich der Reiseleiter. „Verschlafen, oder die ganze Nacht durchgemacht bei einer hübschen französischen Dame?"

„Nein, er liegt mit einer ziemlich schweren Bauchverletzung im Spital und wird immer noch operiert. Laut der Ärzte schwebt er in Lebensgefahr. Und die hiesige Polizei stellt sich blind!", erwiderten seine zwei nächtlichen Begleiter.

„Wie kommt denn so etwas?", fragten alle aufgeregt durcheinander.

„Wenn ihr mal zwei Minuten ruhig sein könnt, erzähle ich euch das Notwendige!", fuhr einer der nächtlichen Ausflügler in den ‚Park des goldenen Kopfes' dazwischen. „Ich komme nämlich eben jetzt von der Präfektur und vom Krankenhaus zurück und brauche einen starken Kaffee und einen Calvados!"

„Erzählen Sie, bitte!"

„Wir waren etwas angesäuselt in einen Park gekommen, der um jene Zeit nahezu menschenleer war. Plötzlich wurden wir von etlichen jungen Leuten angepöbelt und bestohlen. Schliesslich wurde Herr Müller niedergeschlagen und mit einem Messer sehr schwer verletzt. Ich kann ein paar französische Brocken, also blieb mein Freund hier beim Schwerverletzten und ich ging auf die Suche nach einem Telefon und einem Arzt. Die Handys, den Pass, alles Geld haben die Dreckskerle uns geraubt. Endlich war ein später Wanderer bereit, mit seinem Handy einen Krankenwagen zu ordern. Aber bis dieser eintraf, verlor der inzwischen bewusstlose Herr Müller viel Blut.

Noch im Krankenhaus orientierten wir die Polizei. Diese kam relativ schnell, aber konnte wenig oder besser gesagt nichts unternehmen. Wir hörten, dass solche Überfälle alltäglich seien, und man nachts nicht in den Park gehen sollte. Wir machten Anzeige gegen Unbekannt, gaben unsere Personalien, und damit ist die Sache für die Polizei vermutlich erledigt. Der Chirurg liess uns ausrichten, dass einige innere Organe bei Herrn Müller verletzt seien, und ein abschliessender Bericht erst im Verlauf des Tages erfolgen könne.

Darum ist für mich meine Reise hier vorläufig zu Ende, denn ich fühle mich verpflichtet, bei Herr Müller zu bleiben und ihm beizustehen!" Von Müllers „Kameltreibern" und anderen giftigen Ausdrücken, die vermutlich zu jenem Eklat führten, erwähnte er aber kein Wort.

„Was war denn das für ein freches Pöbelpack?"

„Franzosen, aber Eingewanderte von Nordafrika aus den ehemaligen Kolonien, die in den sogenannten Banlieues vegetieren und meistens keine Arbeit haben!"

„Typisch!"

„Ja, typisch, aber irgendwie auch verständlich, wenn auch die Tat nicht entschuldigt werden kann. Nur, behandelt werden solche Leute manchmal wie Vieh!"

„Wie bei uns die Türken oder die Albaner! Dabei haben sie es aber immer noch besser als in ihrer Heimat?"

„In diesem Fall nicht ganz so, denn sie sind inzwischen Franzosen und damit Bürger dieses Landes geworden!"

„Ja, gut, aber trotzdem ein Lumpenpack!"

„Das gibt es überall, und zwar bis ganz nach oben!"

„Da haben Sie auch wieder recht!"

Zur Überraschung aller erklärte plötzlich Elfriede Möhle: „Dann bleibe ich auch hier! Herr Müller machte mir seit einiger Zeit gewisse Avancen, die ich zunächst natürlich abgelehnt habe. Ich bin noch etwas von der alten Schule, also ein sogenanntes Landei. Aber ich will wissen, wie es mit dem armen Mann weitergeht!"

„Oh, dann wird er gewiss bald wieder gesund!", meinte etwas spöttisch ein dicklicher Mann aus Leverkusen, der aber von seiner besseren Hälfte ziemlich heftig zurückgepfiffen wurde mit den schnippischen Worten: „Robert, benimm dich doch wie ein zivilisierter Mensch!"

7

„Das nächste Reisziel unserer etwas dezimierten Gruppe heisst Vienne, natürlich nicht die österreichische Hauptstadt, sondern eine Etappe im Rhonetal, nämlich Vienne Isère. Dort ist ein Mittagessen reserviert, dann aber geht die Fahrt weiter nach Valence!", erklärte der Guide.

„Wie weit ist es denn nach Vienne?"

„Nur etwa dreissig Kilometer. Aber ein interessanter Ort für Geschichtsinteressierte. Diese Stadt ist eng verbunden mit einer Legende um den römischen Prokurator Pontius Pilatus. Er sei damals vom Kaiser Tiberius von Palästina nach dort verbannt worden. Darum ist in Vienne ein angebliches Grabmal zu besichtigen! Für Christen gewiss interessant!"

„Wir sind zwar meistens noch auf dem Papier Christen, glauben aber nicht mehr alles, vor allem nicht solche unbestätigten Geschichten!", erklärte einer der Rhonetaltouristen.

„Nun, Glauben heisst eben nicht Wissen, sondern wirklich glauben."

„Dazu braucht es aber eine gute Portion Dummheit!"

„Jeder muss glauben, denn keiner hat Beweise! Auch nicht der Agnostiker oder der Atheist oder wie sich alle die Leute nennen!"

„Dann sind wir also alle dumm?"

„Nicht unbedingt. Einfach ziemlich unwissend! Je mehr wir wissen, umso mehr wissen wir, dass wir nichts wissen! So, aber nun endlich Abfahrt, und geniessen Sie die herrliche Gegend!"

Beim wirklich schmackhaften Essen in Vienne überraschte sie ein heftiges Gewitter, so dass der Besuch des ominösen Grabes fallen gelassen werden musste.

Ein Herr Ehrlich aus Nordhausen meinte: „Petrus meint es gut mit uns! So müssen wir nicht weiter darüber rätseln, ob dieses Grabmal echt oder eine Erfindung früherer Kirchenoberen ist. Herr Ober, bitte nochmals eine Flasche von dem ausgezeichneten Wein. Hier vergisst man doch tatsächlich das Biertrinken!"

„Ein gutes deutsches Bier wäre aber bei dieser Schwüle auch nicht zu verachten!", wurde erwidert.

„Natürlich! Und dazu das Lied: ‚Warum ist es denn am Rhein so schön'", konterte ein anderer Reisende und erntete dafür etliche Lacher auf seiner Seite.

„Sie glauben es nicht, aber auch in Frankreich gibt es Bier, vielleicht sogar aus München oder Dortmund!"

„Fragen Sie mal den Ober. Bier heisst hier einfach Bière!"

Und siehe da, was brachte der freundliche Bedienstete? Tatsächlich Becks-Bier aus Bremen.
Natürlich in Dosen, nicht im Offenausschank. Aber immerhin!

Das Gewitter verzog sich bald, und so wurde die Reise nach Valence fortgesetzt.

8

In der Überwachungs- oder Intensivstation des Krankenhauses in Lyon erwachte endlich Erich Müller aus dem Dämmerzustand und fragte verwirrt: „Wo bin ich hier? Und warum habe ich so scheussliche Schmerzen im Bauch?"

Er hatte unverschämtes Glück, denn die Krankenschwester, die ihn überwachte, war eine Österreicherin aus Klagenfurt in Kärnten und antwortete ihm: „Herr Müller aus Düsseldorf, Sie sind hier im Krankenhaus St. Johannis, denn Sie wurden vorletzte Nacht überfallen, ausgeraubt und sehr schwer verletzt. Ich rufe gleich den Arzt. Sprechen Sie Französisch?"

„Leider nur oui et non! Langsam kommt die Erinnerung zurück. Sie sagen aber vorletzte Nacht! Bin ich denn so lange schon hier? Können Sie als Dolmetscherin amtieren?"

„Gewiss! Nur einen Moment, Monsieur le Docteur kommt sofort!"

„Monsieur Müller, Sie hatten Glück im Unglück!", waren die ersten Worte des Arztes! „Wir mussten eine mehrstündige und komplizierte Operation vornehmen sowie eine Menge Blut spenden. Zwei Stunden später nach dem Überfall wären Sie vermutlich als toter Mann nach Deutschland zurückgekommen. Der Magen-Darm-Trakt wurde verletzt sowie einige andere innere Organe. Sie müssen vermutlich künftig vorsichtig sein mit Essen und Trinken sowie einige Tabletten schlucken. Aber wir können Sie in wenigen Tagen per Ambulanz, wenn Sie wollen mit einem Flugzeug oder Hubschrauber, nach Düsseldorf entlassen. Übrigens: Draussen warten ein Freund und eine Freundin von Ihnen und wollen Sie besuchen! Ich bewillige für heute allerdings nur eine halbe Stunde."

„Merci, Docteur! Ich bin ein Idiot!"

„Sie meinen, nachts spät in jenem Park herumzustolpern? Ja, das war nicht klug. Heute sind die Zeiten leider anders als früher. Da hat man sich an solchen Orten höchstens in den Morgenstunden duelliert! Natürlich nur die Adeligen und Reichen, und zwar wegen sogenannter Ehrverletzung, wegen Frauen und wegen Macht und Geld. Das niedrige Volk hatte keine Degen, sondern war dankbar, halb verfaulte Kartoffeln essen zu können", lächelte Doktor Merville, und Schwester Krabichler aus Klagenfurt übersetzte gegenseitig alles brav. Sie war recht jung und recht hübsch.

„Ist das bei ihr der berüchtigte österreichischer Schmäh? Nein, wirkliche Liebenswürdigkeit und Herzlichkeit", dachte Erich. Und der Doktor ist wohl ein glühender Sozialist oder einfach Realist", dachte Müller, während es leise an die Türe klopfte und zwei vermummte Gestalten zum Schutz des Patienten vor Infektionen mit klinisch einwandfreien grünen Mänteln und mit den obligaten Mundschutz und Pantoffeln hereinschlurften.

„Natürlich, ich liege ja immer noch in der Intensivstation", dachte er und fragte: „Schwester, wann komme ich hier endlich raus aus diesem Laboratorium, und wann geht's nach Hause?"

„Nun, der Humor kehrt bei Ihnen schon zurück. Das ist ein gutes Zeichen! Noch heute werden Sie auf ein normales Krankenzimmer verlegt. Und nach Hause? Das muss der Arzt noch entscheiden!"

Die zwei Vermummten traten auf ihn zu wie Astronauten, allerdings ohne Helm, Mikrofone und Sauerstoffmasken.

„Rhonetal, Glück und Qual!", begrüsste ihn ... nun wer war denn das schon wieder?

„Ernst, bist du das, mein neuer Freund?", fragte Erich.

„Wenn du nichts dagegen hast, ja. Ich habe etwas beigetragen dazu, dass du noch lebst. Und die Begleiterin an meiner Seite hast du ja auch schon angemacht! Darf ich vorstellen: Frau Elfriede Möhle! Alle andern unserer Gruppe sind natürlich weitergereist. Aber wir hatten so grosse Sehnsucht nach dir, dass wir hiergeblieben sind!"

„Ernst, wir haben halb beduselt Freundschaft geschlossen. Aber jetzt weiss ich, dass du ein wahrer Freund bist. Und Frau Möhle, warum sind denn Sie hier?"

„Stört Sie das, Herr Müller?"

„Im Gegenteil! Ich habe Sie ja auf der ganzen Reise bis hierher mit meinen Augen geradezu gefressen!"

„Und die dumme Zicke hat nicht darauf reagiert, dachten Sie bestimmt!"

„Nein, ich habe Sie nur um so mehr geschätzt und sogar bewundert!"

„Was mich besonders an dir geärgert hat!", bemerkte zu aller Überraschung Ernst Sandler, der neue

Freund, „denn auch ich finde Frau Möhle eine warmherzige und attraktive Frau!"

Schwester Maria Krablicher kam herein und mahnte: „Die halbe Stunde ist vorbei! Bitte morgen wieder, aus Rücksicht auf die Genesung von Herrn Müller!"

Irgendwie gingen alle bedrückt auseinander mit dem Gedanken: „Ist das der Beginn einer grossen Liebe und zugleich das Ende einer Männerfreundschaft? Beide Männer empfanden besondere Gefühle für Elfriede!"

9

In Valence, auch nicht zu verwechseln mit dem spanischen Valencia, freuten sich alle schon während des Mittagessens auf den Besuch der Weingüter von Châteauneuf-du-Pape.

„Ach, natürlich, zuerst besuchen wir ja noch die berühmte Stadt Avignon, in der die Päpste aus Frankreich, aber auch die Gegenpäpste, die von der katholischen Kirche nie anerkannt wurden residierten, wissen Sie! Heute sind diese möglichen ‚Gegenpäpste' alle im Vatikan in Rom unter Kontrolle von anderen Möchtegerne-Grossen, so dass nach aussen Einigkeit herrscht, wenn auch hinter den Kulissen ein steter Machtkampf tobt!", erklärte die inzwischen wieder mit vollständigem Gebiss ausgestattete Frau Schmidt aus Wuppertal.

„Ihr Mundwerk läuft wieder!", flüsterten einige einander zu und grinsten. „Aber diesmal ein wenig anzuschauen, was diese Herren früher so getrieben und wie sie gelebt haben, ist vielleicht nicht gut für den Gläubigen, aber es erweitert das Wissen! Ist die wieder hergestellte Frau Schmidt wohl evangelisch?"

„Fragen Sie sie doch mal!"

„Gott bewahre mich! Dann werde ich ja halbtot geschwatzt!"

Die Rhone hat hier wirklich nichts mehr zu tun mit dem munteren kleinen Gebirgsbach aus dem Quellwasser des Gletschers, sondern sie ist durch die vielen Zuflüsse zu einem gemächlich dahin fliessenden Strom geworden, sogar in zwei Arme geteilt. Man kennt hier die „kleine Rhône", einen toten Arm, und die „grossen Rhône", einen lebendigen Arm. Warum diese eigenartige Bezeichnung? Das weiß eigentlich niemand so genau!

Avignon trägt den Beinamen „Stadt der Päpste", denn sie war von 1309 bis 1423 tatsächlich Papstsitz. Hier residierten insgesamt sieben römische Päpste und zwei Gegenpäpste. Der mächtige Papstpalast ist selbst heute noch beeindruckend, und wohl die meisten Besucher denken: „Wenn diese Steine sprechen könnten, was käme da alles zum Vorschein? Vielleicht gut, dass sie schweigen! Aber in unserer Phantasie können wir uns ja einiges vorstellen, selbst wenn man nicht allzu viel weiss über jene Zeit!"

„Irgendwie mächtig, dominant, beherrschend, aber auch etwas bedrückend oder gar erdrückend sind diese Mauern und Räume! Und doch zeigen sie uns, wie vergänglich alles ist und dass auch die grössten Herrscher nach einigen Jahren vielleicht noch in Geschichtsbüchern verzeichnet sind, aber nicht mehr im Gedächtnis der Menschen. Irgendwie sind wir alle nur Schachfiguren im Spiel der Zeit, ob Bauern, Turm, Springer oder König!", erklärte der Reiseleiter, der vermutlich auch nicht mehr ein kindlich gläubiger Christ war.

Gibt es solche überhaupt noch im alten Europa? Vielleicht in den hintersten Tälern oder auf einsamen Inseln? Gewiss, die grossen Kirchen haben grösstenteils versagt. Das Evangelium wurde missbraucht, manchmal auf schändlichste Art. Sogar Ströme von Blut und Tränen flossen! Kann man trotzdem alles negieren? Das wäre das Kind mit dem Bande ausgeschüttet.

Vielleicht gibt es das unverfälschte Wort Gottes ja sogar heute noch in irgendeiner Form und an irgendeinem Ort? Aber eben, wo? Wer ehrlich sucht, wird es finden. Nur dauert dies manchmal lange, und das Suchen ist mühsam!

Besichtigungen, besonders bei warmem mediterranen Klima, das hier schon vorherrscht, machen bald müde und natürlich auch vor allem durstig. Man kauft sich eine Broschüre, die man dann wieder zu Hause vermutlich doch nicht liest, und setzt sich gerne in ein Gartenrestaurant zu einem kühlen Drink. „So imposant dies alles auch ist, ich bin dankbar, dass wir heute Nacht in einem klimatisierten Hotel schlafen können!", meinte Frau Schmidt.

„Allein oder zu zweit?", fragte doch ein etwas frecher Mann namens Peter Wittke aus der Reisegruppe. Die Schmidt guckte ihn an und meinte doch tatsächlich: „Warum? Wollen Sie meine Zimmernummer?" Das südliche Ambiente verwandelte offenbar manchen Menschen.

„Wenn meine Klimaanlage defekt ist, melde ich mich!", meinte der wirklich Überraschte.

Avignon war weit herum bekannt und berühmt, schon vom Lied her: „Sur le pont, d'Avignon", ist aber auch berüchtigt wegen der Kriminalstatistik der französischen Städte. Sie liegt tatsächlich dabei an der Spitze der Verbrechen! Dies war gewiss zur Zeit der Päpste schon so, denn nicht nur die hohen Herren der Geistlichkeit waren da, sondern auch jede Menge Gesindel. Und dies vielleicht gerade darum, wer weiss!?

Das Diner, also das Abendessen, wurde nicht im Hotel eingenommen, sondern mitten in der Altstadt, die gerade nachts einen besonderen Reiz ausstrahlt.

Die Avignoner Küche ist typisch mediterran und braucht viel Olivenöl, Zwiebeln und verschiedene Gewürzkräuter.

Damit trifft die Küche gewiss nicht jeden Geschmack des durchschnittlichen Europäers, ist aber bei vielen beliebt, schmackhaft und rustikal.

Die Reisegruppe erlebte im „Coq d'Or", im goldenen Gockel, einen weinseligen und schönen Abend. Wenn hier die Weine nicht schmecken, dann wo auf der Welt? Avignon nennt sich ja auch stolz „Hauptstadt der Côtes du Rhône".

Obschon der Reiseleiter ausdrücklich auf die hohe Kriminalitätsrate hinwies und den Leuten empfahl, mit dem Bus ins Hotel zurückzukehren, wollten einige Unentwegte doch noch ein paar Schritte selbst unternehmen.

„Ich war schon in Rio de Janeiro und wurde eindringlich gewarnt. Und nichts geschah! Ebenso in Johannesburg, in Shanghai und weiss Gott wo überall! Kommt, wir sehen ja auch, wenn sich Gefahr anbahnt und können immer noch flüchten. Zudem hat eine ganze Gruppe wenig zu befürchten. Gefährlich wird es nur für den Einzelnen! Wir gehen ja nicht in einen verlassenen Park wie unsere Unglücksvögel von Lyon!", schlug jemand spontan vor.

Fünf wagten also noch einen Spaziergang durch die Gassen der Altstadt, darunter auch eine junge und hübsche Blondine aus Krefeld, Studentin der Medizin mit dem Namen Petra Gerster und vier jüngere Männer aus Nordrhein-Westfahlen. Einer davon hörte auf den Namen Heiner Ganz aus Krefeld und war von Beruf Privatdetektiv. Sie strebten dem berühmten Pont d'Avignon zu, dieser Brücke, die seit Jahrhunderten besungen wird mit einem Tanzlied, weil diese auf Insel de la Barthelasse führte, die mitten in der Rhône liegt. Dort befanden sich nämlich die Vergnügungsviertel der Stadt. Heute allerdings findet man diese andernorts!

Lustige Kneipen locken aber überall in den Gassen, und ein buntes Durcheinander von Menschen vieler Nationen gibt der interessanten Szenerie einen besonderen Pfiff.

Sie plauderten munter drauflos und merkten kaum, wie die Zeit verfloss. Es ist halt doch etwas anderes, mit Menschen zu diskutieren, als immer nur im Internet zu surfen. Petra wollte eine Toilette aufsuchen und meinte: „Ich bin gleich wieder da! Ihr wartet doch auf mich?"

„Wenn's sein muss die ganze Nacht", lachten ihre Begleiter und bestellten noch einen Absinth, der sich bekanntlich trinken lässt wie Milch. Aber kaum an der frischen Luft bemerkt man, dass man beschwipst ist und sich nicht mehr die Erde um ihre Achse dreht, sondern dass man sich selbst dreht! Gut, das kann ja ganz lustig sein!

10

Erich Müller wurde aus dem Spital in Lyon entlassen und mit einem Hubschrauber nach Düsseldorf geflogen. Ein Transport mit einem Ambulanzwagen wäre noch viel zu anstrengend und auch zu riskant gewesen. Gut, wenn man entsprechend versichert ist! An seiner Seite waren Elfriede Möhle und Ernst Sander. Obschon sich die Freundschaft der beiden Männer wegen der Frau sehr abgekühlt hatte, blieb Ernst aus Pflichtgefühl, und wohl nicht zuletzt in der Hoffnung, Elfriede doch noch für sich zu gewinnen, in Lyon. Der Reisegruppe nachfliegen wollte er nicht. Und Elfriede war hin und hergerissen in ihren Gefühlen für die zwei Männer.

„Sie werden in Düsseldorf noch ins dortige Krankenhaus überliefert, das Ihnen bekannt sein wird. Alle Unterlagen betreffend Verletzungen, Operation, Medikation sind bereits per Mail dort. Ich denke, dass Sie in einer guten Woche von dort dann nach Hause entlassen werden, aber vorläufig unter steter

Kontrolle sein müssen. Alles Gute!", erkläre der Doktor.

„Vielen Dank, Monsieur le Docteur, für alle ärztliche Kunst und auch für die persönliche Betreuung!", stammelte Erich Müller mit mühsam zusammengeklaubten französischen Vokabeln.

„Gute Genesung und auf Wiedersehen in Frankreich unter besseren Umständen!", erwiderte der Arzt mit einer galanten kleinen Verbeugung.

Auch die Fachpflegefrau, oder wie man früher einfacher sagte, die Krankenschwester, verabschiedete sich, vor allem ziemlich lang von Ernst Sander, der es ihr vermutlich sehr angetan hatte. Nur merkte dieser nichts! Oder wollte er nichts merken, weil er immer noch nur Augen für Elfriede hatte?

„Schwester, gehen Sie irgendwann zurück in Ihre Heimat nach Klagenfurt?", fragte Elfriede.

„Nächsten Monat! Wir haben immer mehr Patienten aus Rumänien und Bulgarien in Österreich. Die EU lässt grüssen! Diese sprechen vielfach Französisch, und meine Kenntnisse in dieser schönen Sprache sind hier aufgefrischt und ergänzt worden. Warum fragen Sie?"

„Weil vielleicht wir alle drei Sie mal besuchen kommen. Kärnten ist doch ein beliebtes Urlaubsziel!"

„Oh, das wäre aber fein! Schon heute willkommen am Wörthersee! Ich gebe Ihnen noch meine Handy-Nummer und die Anschrift mit, dass Sie mich auch finden, denn wir wohnen nicht direkt in Klagenfurt, aber einen Katzensprung davon entfernt!"

Es war wirklich noch früh, so ein Transport für Erich. Aber der begleitende Sanitäter gab ihm Beruhigungstropfen, und so döste er die ganze Zeit vor sich hin. Ernst war dies mehr als recht, denn er hatte den ganzen Flug über Zeit, seinen Charme spielen zu lassen. Nur Elfriede liess ihn höflich, aber bestimmt abprallen. Hatte sie innerlich schon einen Entscheid gefällt?
Er hatte das Gefühl und wurde ernsthaft betrübt, wenn nicht sogar böse.

So erreichten sie endlich Düsseldorf. Dort wollten Sie täglich wenigstens kurz mal bei Erich vorbeischauen. „Was ist er eigentlich von Beruf?", fragte Elfriede beiläufig Ernst Sander. Dieser antwortete ziemlich mürrisch: „Architekt oder Möbelschreiner, glaube ich!"

„Angestellt oder selbständig?"

„Weiss ich nicht! Frag ihn doch persönlich bei eurem nächsten Rendez-vous!"

„Beim nächsten Krankenbesuch, wolltest du sicher sagen!"

„Beides zusammen ist auch möglich bei Verliebten!", brummte Ernst, grüsste knapp und verliess Elfriede. Sie rief ihm noch nach: „Ernst, wir können doch Freunde bleiben. Sei doch nicht so kindisch. Übrigens: Hast du denn nicht bemerkt, dass die österreichische Krankenschwester in Lyon dir schöne Augen machte? Sie ist ein hübsches Ding! Hast du ihre Adresse?

Er gab darauf keine Antwort mehr! Sie sah ihn erst viel später wieder, und auch total verändert!

11

„So lange bleibt doch selbst eine Frau nicht auf der Toilette, besonders hier nicht in dieser etwas schmuddeligen Kneipe!", bemerkte Heiner Ganz in Avignon. „Wir warten jetzt schon bald eine Viertelstunde auf Sie. Hoffentlich ist nichts Dummes geschehen. Ich gehe mal nachschauen.

Auch die Damentoilette lud nicht ein zum längeren Verweilen, und Heiner fand weit und breit keine Spur von Petra Gerster. Erst sträubte er sich, dort hineinzuschleichen, aber die Unruhe wurde bei ihm immer grösser. Als etwa fünf Minuten keine Besucherinnen des stillen Örtchens vorbeikamen, stürmte er hinein, denn er wurde von Minute zu Minute besorgter.

Plötzlich bemerkte er das aufgestossene Fenster der Toilette und daran hängend einen kleinen Fetzen Stoff, der vermutlich von Petras Bluse stammte. „Sie ist unmöglich freiwillig durch dieses Fenster geschlüpft! Wozu und warum auch? Petra ist hier durch das kleine Fenster gestossen oder geschoben worden. Aber warum? Wurde sie womöglich entführt? Himmeldonnerwetter, dem muss ich nachgehen!"

Der Instinkt des Privatdetektivs wurde geweckt, aber auch die grosse Sorge um Petra. Heiner bemerkte bei einer genaueren Untersuchung auch noch einen Lippenstift aus Petras Handtasche draussen am Fusse des Fensters am Boden liegen. Dieser musste von ihr sein, denn diese Farbe, ein diskretes Blassrot mit einem Silberschimmer, kannte er. Heiner hing ja wirklich genug an ihren Lippen, wenn sie sprach.

Er spurtete zurück zu seinen drei Kollegen und berichtete von seinen Entdeckungen. „Ich gehe der Sache selbst nach. Portemonnaie, Pass und Handy habe ich dabei, auch ein gutes altes Swiss-Army-Knife, ein vielseitiges Taschenmesser. Das ist das Wichtigste. Wenn ich morgen bei der Weiterfahrt noch nicht zurück sein sollte, ob mit oder ohne Petra, nehmt bitte mein und ihr Gepäck mit im Bus. Ich weiss ja jeden Tag, wo ihr seid und kann euch telefonisch erreichen!"

„Junge, was willst du tun? Da bleibt doch nur, Meldung zu machen bei der Polizei. Du kennst dich doch hier nicht aus. Alles viel zu gefährlich!"

„Vielleicht sind gewisse Polizeistellen auch geschmiert und gekauft. Vergesst nicht, ich bin ein nicht ganz doofer Privatdetektiv und rede leidlich etwas Französisch. Es werden auch heutzutage noch viele junge Frauen entführt. Zu welchen Zwecken ist doch jedem klar. Und hier im Süden sind Blondinen mit blauen Augen eine Attraktivität. Zudem ist Petra Medizinstudentin und hat vielleicht in ihre Handtasche noch einige Substanzen, die einen Stier umwerfen könnten. Sie kennt inzwischen dem menschlichen Körper gewiss so gut, dass sie auch um Stellen weiss, die grausame Schmerzen verursachen können!"

„Gut, aber wenn wir morgen auch von dir nichts mehr hören, gehen wir auf die Police und den deutschen Botschafter in Paris los! Verflixtes Rhonetal, Glück und Qual!"

„Macht, was ihr wollt!", gab Heiner zurück und war schon wieder verschwunden. Er suchte nun den Hinterhof, auf den das Fenster der Toilette hinauszeigte und las den Lippenstift auf. Emsig suchte er nach weiteren Spuren und fand schliesslich relativ schnell ein kleines Taschentuch, an dem noch ganz leicht das Parfum von Petra zu riechen war. „Sie war also hier! Hat sie bewusst Zeichen gelegt, oder ist ihr das alles zufällig entfallen?

Kaum!", murmelte Heiner und schlich eilig aus dem Hof hinaus. Er kam direkt zu einem kleinen Taxistand, bei dem sehr gelangweilt ein Fahrer eine schon ziemlich zerfledderte Zeitung las. Oder schlief er bereits vor sich hin?

„Monsieur, ist hier in der letzten Viertelstunde jemand in ein Taxi gestiegen?", schreckte er den Fahrer auf.

„Warum?", gähnte dieser.

„Weil ich das wissen will!" Heiner wedelte dabei mit einem Zwanzig-Euroschein vor der Nase des Chauffeurs herum, der schliesslich müde meinte: „Für das Doppelte weiss ich vielleicht wieder, ob hier was los war!"

„Fünfzig Euro, und eine Fahrt dazu! Es kommt einfach auf die Qualität und die Wahrheit der Antwort an!"

„Okay, wohin?"

„Genau dorthin, wo zuvor dein Kollege mit seinen Fahrgästen gefahren ist. War eine junge blonde Frau dabei?"

„Ja, blonde Frauen sind bei uns beliebt, sogar wenn sie Deutsche sind!!"

„Ach so, das haben Sie herausgehört?"

„Die hat ja laut genug gerufen, man soll sie loslassen, da sie sonst Himmel und Hölle in Bewegung setze, und das in Deutsch und Französisch, bis man sie mit einem Wattenbausch voller Äther etwas ruhig stellte!"

„Und das haben Sie zugelassen? Keine Polizei avisiert?"

„Was geht mich das Leben anderer an? Habe genug zu tun mit meinen eigenen Problemen!
Also, steigen Sie ein! Wir fahren zum Flugplatz, denn dort ist mein Kollege hindirigiert worden. Aber ich hätte gerne erst mal die fünfzig Eier, und zwar hier und sofort!"

„Fahren Sie los!", brüllte nahezu Heiner und schmiss ihm den Schein auf den Nebensitz!

12

Der Provinzflughafen Avignon ist zum Glück nur von sechs Uhr früh bis 22 Uhr geöffnet. Für Sonderflüge ausser dieser Zeit braucht es eine Sondergenehmigung. Jetzt war es gegen zwei Uhr morgens, also blieb noch etwas Zeit? Mit seinen rund 50'000 Passagieren pro Jahr ist er sehr klein und gewiss auch übersichtlich. Oder sind da genügend heimliche Verstecke?

„René, wo hast du die blonde Dame und die zwei Begleiter abgeliefert", fragte Heiners Chauffeur am Flugplatz seinen Kollegen Henry per Funk. „Du sagst es am besten, damit keine Schwierigkeiten mit der Polizei entstehen. Diese Dame ist nämlich nicht einfach eine Irgendjemand. Es könnte für dich ein Riesentrubel werden, und du willst doch nicht deine Lizenz verlieren!"

Die beiden diskutierten lange und heftig miteinander, bis schliesslich der Taxifahrer zu Heiner meinte:

„Das kostet Sie mindestens nochmals hundert Euro!"

„Warum denn das?"

„Weil mein Kollege geschmiert und gleichzeitig bedroht wurde! Er hat Angst! Dass diese Angst etwas schwindet, braucht er hundert Euro!"

„Ja, aber er hat keine Angst vor Schmiergeld! Ich habe seine Taxi-Nummer. Das ist doch auch etwas!", drohte Heiner, „denn der Kerl steht mit seiner Karosse ja immer noch da drüben! Ich habe bemerkt, wie ihr miteinander palavert habt!"

Ein weiterer Fünfziger brachte die beiden Taxifahrer schliesslich zum reden. Der mit dem Namen René meinte: „Die Blondine sitzt vermutlich mit ihren zwei Begleitern oder Bewachern immer noch im Schuppen da drüben. Freiwillig gewiss nicht, denn als sie in meinen Wagen geschubst wurde, war sie nicht mehr ansprechbar. Die Herren meinten, sie sei halt hoffnungslos besoffen, aber ich glaube, sie wurde betäubt. Nun warten sie auf einen Sonderflug, der erst heute Morgen um ungefähr sechs Uhr losgeht. Die Charterfirma Transport-Air wird es kaum sein, auch nicht die britische Flybe, die vor allem englische Ziele anfliegt. Ansonsten ist hier nicht viel los. Es muss also eine Sondermaschine sein.

Wir hatten ähnliches im letzten halben Jahr schon zweimal, und immer mit hübschen, jungen blonden Frauen. Sprechen Sie doch mal mit dem Tower des Flughafens, der muss gewiss über alle Flüge Bescheid wissen! Die dort tätigen Männer werden bald zum Dienst erscheinen. Also: Bonne Nuit, Monsieur!" Dann waren die beiden Taxifahrer verschwunden.

„Es ist also tatsächlich Fakt, dass Petra entführt wurde. Was soll ich tun? Angriff ist immer die beste Verteidigung. Aber wie und mit was soll ich angreifen? Mit einem Knüppel, einer Holzlatte oder einer Eisenstange, mit meinem lächerlichen Taschenmesser? Oder soll ich meine Begleiter vom Altstadtbummel anrufen? Aber die sind gewiss noch nicht in unserem Hotel! Polizei? Diese Kidnapper-Halunken könnten sich gewiss herausreden. Wer sagt mir, dass nicht viele unter einer Decke stecken, wenn solche Entführungen immer wieder vorkommen?" All dies schoss Heiner durch den Kopf.

„Ich versuche es allein, und zwar mit einem Bluff! Hoffentlich fallen die Kerle darauf herein!", grübelte er nicht lange weiter und „bewaffnete" sich tatsächlich mit einer Art länglichem Holzschlegel, den er am Boden vor dem Schuppen vorfand. Er schlich um die besagte Holzhütte herum und hörte darin Stimmen, ohne aber ein Wort zu verstehen. Heiner wurde von einer solch unglaublichen Wut erfasst, dass er plötzlich auf eine Art Eingang in die Bruchbude losstürmte und in Französisch brüllte: „Ihr verfluchten Halunken, lasst meine Frau los. Die Hütte ist umstellt von der Polizei. Ihr habt keine Chance!"

Dann erfolgte in der dunklen Hütte plötzlich ein dumpfer Schlag auf seinen Kopf. Er sah Sterne aufblitzen, die aber nicht vom Firmament leuchteten, sondern nur vor seinen Augen tanzten. Dann wurde es um ihn wirklich stockdunkle Nacht und sein Bewusstsein erlosch.

„Was will denn dieser Idiot?", fragte einer der Entführer. „Ich denke, sein Liebchen oder Weibchen. Lass ihn liegen! Vielleicht ist er tot. Lass uns hier sofort abhauen!", reagierte der andere.

Dies benutze die zuerst tief erschrockene Petra, ihre Handtasche unter das Jacket von Heiner zu schieben, den sie mit stiller Freude erkannte, und der ganz in ihrer Nähe zu Boden gesunken war. „Jemand hat also meine Spuren gesehen und richtig gedeutet!", dachte sie glücklich. „Noch ist vielleicht nicht alles verloren!"

Sie hatte in der Tasche in einem unbewachten Augenblick schon zuvor einen kleinen Zettel gesteckt, den sie voll gekritzelt hatte. Ihr Handy hatten die Kerle natürlich als Erstes an sich genommen, liessen Petra aber die Handtasche, vor allem wegen der Taschentücher, die sie ständig brauchte. „Man muss ein solches Prachtstück von Weib so frisch wie möglich und nicht verquollen und verweint abliefern! Lassen wir ihr die Tempo-Taschentücher, von mir aus die ganze Handtasche. Sie hat ja keine Lady-Pistole drin, heheh!", diskutierten die Männer nach der Entführung im Taxi.

Wortlos und rau packten die Dreckskerle Petra, schleppten sie nach draussen und verschwanden. In der Eile achteten sie nicht darauf, dass diese plötzlich keine Handtasche mehr bei sich hatte.

13

Heiner kam nach einer Viertelstunde wieder zu sich und meinte, sein Kopf zerplatze vor Schmerz. Eine tüchtige Beule und Schwellung ertastete er an seinem Schädel, von dem auch etwas Blut tropfte. Gewiss war dies nicht schlimm, denn Kopfhautwunden bluten ja bekanntlich sehr stark.

Er war allein und erinnerte sich, dass die Menschenhändler ja von Abhauen gesprochen hatten, und zwar mit Petra. Irgendwie hatte er soviel mitbekommen, trotz seiner momentanen Bewusstlosigkeit.

Jetzt fühlte er unter seinem Jacket auch etwas Grösseres und zog es hervor. Seine Hände und Füsse waren nicht gefesselt. Entweder glaubten die Ganoven, er sei tot, oder sie hatten in der Aufregung und Eile keine Zeit, an alles zu denken und alles zu kontrollieren.

Er fand mit einem Seufzer der Erleichterung Petras Handtasche und durchsuchte diese mit Hilfe seines Feuerzeugs. „Es hat neben allen Nachteilen doch auch noch Vorteile, wenn man ab und zu eine Zigarette raucht!", brummte er vor sich hin.

Ein ziemlich wirr geschriebener Zettel lag plötzlich in seiner Hand, kaum leserlich. Ärzte schreiben ja heute die meisten Rezepte und Verordnungen am PC und somit leserlich für den Apotheker. Früher war das Entziffern dieser Rezepte oft eine kleine Kunst, da die meisten eine ziemlich scheussliche Handschrift hatten. Petra musste die Zeilen vermutlich im Halbdunkel halb blind hingekritzelt haben.

Immerhin entzifferte er folgende Worte: „Wurde entführt und soll mit Privatmaschine ausser Landes gebracht werden. Bordelle in Istanbul oder Kairo brauchen Nachschub, vor allem Blondinen mit blauen Augen. In meiner Tasche sind zwei Betäubungsspritzen, die auch einen kleinen Elefanten umlegen könnten. Wer immer diese findet, könnte mir folgen und den Saukerlen einen Stich durch die Kleider verpassen. Dafür hoffe und bete ich. Oder beim Tower mit tüchtigem Trinkgeld die Skyguides bestechen, den Namen des Fluggerätes herauskriegen und der Polizei melden. Sitz der Interpol ist ja in Lyon. Vielleicht sind dort nicht alle Beamten bestochen."

Mit grosser Aufregung raffte sich Heiner auf und schlich nach draussen, auch wenn sein Schädel brummte wie ein Schwarm Hummeln. Er blinzelte auf seine Armbanduhr, die ihm eigenartigerweise auch nicht abgenommen wurde. Es war eine teure Eterna-Golduhr. Somit hatten die Kerle wirklich grosse Eile, davonzukommen, oder waren total verwirrt. Vier Uhr dreissig am Morgen!

Also, wenn um sechs Uhr die erste Maschine starten würde, müssten wohl bald Männer vom Kontrollturm ihren Dienst antreten. Die Frage war nur: Wo ist deren Eingang zum Flughafengebäude? „Nervenaufreibende Wartezeit, die man vielleicht besser nützen konnte, aber wie?", grübelte er.

Aus seinen Gedanken gerissen wurde er bald von einer Gruppe Männer, die aus einem Peugeot stiegen und Richtung Haupteingang krochen. Warum denn krochen? Sie rauchten noch, dem Geruch nach, eine starke Gauloise bleu, ein „Lungenbrötchen", das mit dem Jahren tödlich sein konnte. Im Gebäude war wohl wie überall Rauchverbot, und sie zertraten die Stummel neben der Tür, die sie mit einem Sicherheitsschlüssel öffneten. Jetzt trat Heiner aus dem Halbdunkel zu ihnen und meinte recht freundlich: „Bonjour Messieurs!"

„Bonjour! Was wollen denn Sie schon hier?"

„Sie sind sicher von der Besatzung des Towers?!"

„Ja!", antworteten sie misstrauisch. „Und wer sind Sie?"

„Gestatten: Heiner Ganz aus Deutschland, Privatdetektiv und Mitglied einer Reisegruppe durch das Rhonetal, von der Mündung bis zum Meer. Von unserer Gruppe ist eine junge und hübsche blonde Frau entführt worden und soll in ein Bordell in Nordafrika oder Kleinasien verschleppt werden. Dies mit einer ausserplanmässigen Maschine von hier aus. Das werde ich zu verhindert wissen, denn sie ist meine Verlobte. Bitte sagen sie mir, wie diese Maschine heisst und welche Route sie fliegt. Ansonsten wende ich mich an Interpol und auch an die Presse. Das gäbe unangenehmen Stunk für Sie!"

„Immer diese Deutschen! Wo sie auftauchen, gibt es meist Ärger! Was machen wir mit dem Kerl?", tuschelten die drei in einem für Heiner unverständlichen Dialekt. „Sollen wir ihn niederschlagen?"

„Ich werde mich auch erkenntlich zeigen mit einigen diskreten Euros und für Ihre Belobigung als vorzügliche Beamte in der französischen Presse sorgen!"

„Auf die sicherlich hungrig gewartet wird. Lesen Sie zu viele Räubergeschichten? Heute werden doch wenigstens in Europa keine jungen Frauen mehr für Freudenhäuser entführt!"

„Monsieurs, Sie würden staunen, wenn ich Ihnen Zahlen nennen würden, und selbst diese sind nur angenommen. Die Dunkelziffer liegt weit höher!"

Inzwischen hatte Heiner die beiden Betäubungsstoffe aus ihren Ampullen in die Injektionsspritzen aufgezogen. Petra konnte dies zuvor unter den Augen der Entführer vermutlich unmöglich tun.

Widerwillig liessen die drei Männer Heiner eintreten und hielten ihn aber streng in den Augen. Sie wollten ja wirklich keinen Skandal, so oder so! „Wenn der Mann wirklich Interpol einschaltet, haben wir das Theater!", flüsterten sie sich gegenseitig zu.

Zu Heiner gewandt sagte nun einer der drei: „Um sechs Uhr zwanzig startet lediglich ein Hubschrauber Richtung Marseille. Wir glauben nicht, dass dies verdächtig ist, Monsieur."

„Wie viel Personen gehen an Bord?"

„Wissen wir nicht genau!"

„Lassen Sie mich zum Helikopter, und zwar sofort! Sonst gibt es fürchterlichen Stunk für Sie alle!"

„Wir wissen einfach von nichts! Gestattet ist dies natürlich nicht. Machen Sie, was Sie wollen. Wir haben Sie nie gesehen! Ist das klar?"

„Absolut! Danke! Ich finde den Weg allein, denn da draussen steht ja nur ein einziger Hubschrauber! Sind alle Türen vom Gebäude nach draussen geöffnet?"

„Wenn nicht, so wenden Sie sich an die Direktion des Flughafens. Diese liegt jetzt allerdings noch im Bett, hehehe!"

14

Wenig später kletterte Heiner in den Helikopter, der nicht mal abgeschlossen war und duckte sich in den hintersten Winkel der Kabine. Auch im Gebäude selbst waren alle Türen offen. „Schöner Scheissladen hier! Kommt mir aber zugute! Wie lange muss ich hier zusammengepfercht wohl auf die Halunken warten? Nun, ich warte gerne, denn sie bringen ja Petra mit!"

Nach einer halben Ewigkeit kamen die zwei Mädchenräuber tatsächlich daher, ein armseliges Bündel in ihren Armen tragend, was gewiss seine Petra war. „Was muss diese junge Frau durchgestanden haben? Oh, ihr Schweine, dafür sollte man euch pfählen und vierteilen dürfen. Aber wartet, in wenigen Augenblicken habt ihr eine Portion Schlafmittel in euren Armen, und ich Petra in meinen!", durchlief es Heiner heiss und kalt zugleich.

Die Türe wurde aufgestossen und das menschliche Paket ziemlich unsanft in den hinteren Teil des Hub-

schraubers geschoben. Heiner hörte ein leises Stöhnen und seine Wut stieg ins
Unermessliche.

„Warum sollen die beiden Hunde zuerst einsteigen und die Motoren starten? Sollen sie doch im Kontrollturm sehen, was hier jetzt gleich geschieht. Den normalen Weg für Passagiere haben diese Lumpen nicht genommen, sonst wären sie in der Security hängen geblieben. Nun, vielleicht haben jene Leute so früh am Morgen noch gar keinen Dienst! Wussten die Leute vom Tower also sogar von dieser Entführung und hatten ihr Schmiergeld schon bekommen? Gut möglich, weil alle Türen offen sind. Wie dem auch sei, los geht's!"

Er zog die beiden Injektionsnadeln aus seiner Tasche, nahm den Plastikpfropfen ab und war mit einer raschen Bewegung beim Ersten. Als der sich umdrehte, stach er in dessen Halsbeuge und drückte den Kolben schnell herunter. Heiner liess die Spritze stecken, während der Mann aufschrie:

„Attention!" Aber schon war er beim Zweiten, der noch erschrocken draussen vor dem Hubschrauber stand, und stach diesem durch dessen Hemd in den Arm.

Die Wirkung war verblüffend! Noch während die Entführer fluchend die Spritzen herausrissen, zu

Boden warfen und auf Heiner zutraten, um ihn vermutlich umzubringen, sackten sie plötzlich zusammen wie von einem Hammer getroffen und blieben bewusstlos am Boden liegen.

Heiner wickelte wie ein Verrückter Petra aus den Tüchern, zerschnitt mit seinem Taschenmesser ihre Hand- und Fussfesseln und nahm sie in die Arme. „Danke", stammelte sie erleichtert und umarmte Heiner ihrerseits heftig.

„Was haben Sie denn für ein Teufelszeug in den Ampullen gehabt?", fragte Heiner hastig und glücklich.

„Ich bin Medizinstudentin und kenne schon einige Narkosemittel?", lächelte sie müde und erschöpft. „Und was sind denn Sie von Beruf?"

„Privatdetektiv, und zum ersten Mal habe ich etwas getan, was mich innerlich glücklich macht in meinem Metier. Aber kommen Sie, Petra! Wir müssen schnellstens hier weg, denn ich glaube, einige Flughafenangestellte stecken mit der Galgenbrut hier unter einer Decke. Obschon ich am liebsten den Hubschrauber anzünden und diese Kreaturen hier mit braten möchte, wir haben keine Zeit. Können Sie gehen? Sonst trage ich Sie!"

„Ich versuche es!", meinte Petra, indem sie ihre Hand- und Fussgelenke massierte.

„Erst mal müssen wir wenigstens zu dem kleinen Wäldchen da drüben. Dann sehen wir weiter. Ich glaube kaum, dass dieser kleine Flugplatz eingezäunt ist, sonst klettern wir darüber. Geben Sie mir ihre Hand!"

„Gerne! So lange Sie wollen!"

„Später, nein schon jetzt für das ganze Leben!"

Petras Lächeln war Heiners grösste Belohnung und machte ihn selbst in dieser unmöglichen Situation selig.

15

Die Reisegruppe war weitergezogen, in eine für viele wichtige Destination, nämlich nach Châteauneuf-du-Pape. Dieser Name ist vielen bekannt durch den berühmten Wein. Das Gepäck von Heiner und Petra wurde gemäss deren Wunsch mitgenommen. „Unsere Gruppe wird stetig etwas kleiner! Gut, wir sind bald am Ziel, bevor wir völlig auseinandergerissen werden!", bedauerten etliche. „Hört man denn gar nichts von den Zweien?"

„Bis jetzt keinen Pips, verflucht noch mal! Sollen wir nicht doch die Polizei avisieren?"

„Nein, noch nicht! Mein Vater sagte schon: ‚Junge, traue niemandem, bevor der dich vom Gegenteil überzeugt hat'! Da mache ich auch keine Ausnahme bei Uniformen!", meinte einer der nächtlichen Begleiter von Petra und Heiner, und zwar mit einer Bestimmtheit, die keine weitere Diskussion mehr zulassen sollte. „Heiner ist Privatdetektiv und bat mich, mit der Polizei zu warten! Ausserdem ist er in das Mädchen verliebt wie ein junger Teenager, das hat doch ein Blinder sehen können!"

„Was die Sache nur noch gefährlicher machen kann! Denn Liebe macht ja bekanntlich blind!"

„Also, bitte noch etwas abwarten! Ich hab's versprochen!"

„Gut, auf Ihre Verantwortung!", erklärte der Guide.

„War denn die Klimaanlage in Ihrem Zimmer letzte Nacht gut?", fragte völlig überraschend Frau Schmidt aus Wuppertal den Mann, dem sie am Abend zuvor ihre Zimmernummer geben wollte, Herrn Peter Wittke.

„Ja, danke! Warum fragen Sie?"

„Meine wäre bestimmt noch besser gewesen, auch wenn Sie dabei vielleicht ein wenig ins Schwitzen gekommen wären!", konstatierte die ehrenwerte Dame offensichtlich enttäuscht.

Wirklich, Liebe oder besser gesagt der versteckte Wunsch nach etwas Ferienerotik, macht oft auch blind. Sogar bestandene Damen sind davor nicht immer gefeit. Peter Wittke fragte sich:
„Menschenskind, wie viele Nächte haben wir denn noch hier im Rhonetal? Mal gucken, wo das alles

hinführt. Sicher für mich nicht in das Joch der Ehe mit diesem Lästermaul, das man aber nicht ungern mal so richtig küssen und vielleicht sogar vernaschen würde!"

16

Der erste Eindruck von dem berühmten Weinort könnte enttäuschen, denn es handelt sich lediglich um ein Dorf mit etwas über zweitausend Einwohnern. Aber was für ein Tropfen wächst und gedeiht hier! Mit einem Jahresertrag von etwa 100'000 Hektolitern Wein. Ist wohl hier das berühmte Wort entstanden: „Leben wie der liebe Gott in Frankreich?"

Das Anbaugebiet besteht meist aus Kiesterrassen. Grosse Kieselsteine geben die tagsüber gespeicherte Wärme nachts an die Reben ab. Für die Herstellung des Châteauneuf-du-Pape werden verschiedene Rebsorten gemischt. Wer dabei aufschreien möchte, der bedenke, das dies mit den meisten, also auch mit grossen und berühmten Weinen geschieht, die sonst nicht das Cuvée, das Aroma hätten, das die Zunge und den Gaumen so entzückt.

Ein Kenner des Côte-du-Rhône-Weines empfahl, beim Dorf Gigondas auch einen Halt einzuplanen. „Der dortige Tropfen ist noch nicht so weit herum berühmt, aber oft noch besser als der Châteauneuf-du-Pape. Und vor allem: Er ist noch bedeutend günstiger im Preis. Vielleicht nicht mehr lange, darum greife ich dort tüchtig zu!"

Bei den Degustationen, also auch in Gigondas, gaben etliche Reisende ihm recht und bestellten grössere Mengen für den Weinkeller zu Hause. Obschon, nach dem Probieren und Degustieren von zehn oder zwanzig Sorten ist plötzlich aller Wein gut, denn nur einen Schluck im Munde zu drehen und zu bewegen und dann auszuspucken, wie eigentlich üblich bei einer Weinprobe, das wäre doch zu schade, oder nicht?

Die feuchtfröhliche Runde zog beschwingt und beschwipst weiter nach einem der letzten Etappenziele, nach Arles. Hier trennen die Rhône noch gut zwanzig Kilometer von der Vereinigung mit dem Mittelmeer, und erstaunlicherweise sind neunzehn wichtige Nebenflüsse zu dem ehemaligen Gletscherbächlein hinzugekommen, was ihn zu einem der grossartigsten Ströme Westeuropas macht.

Stören könnten höchstens den Umweltbewussten die vielen Kernkraftwerke, die hier hinzugekommen sind und eigentlich die Landschaft verschandeln.

Nun, bei einem guten Nachtessen treten meist solche Dinge in den Hintergrund. Nicht bei allen, aber immer mehr bei manchem zuvor Nachdenklichen.

Grosse Gebiete der gesamten Camargue tragen dazu bei, dass die Stadt Arles die flächenmässig grösste Gemeinde Frankreichs bildet.

Einer der heute, nicht damals, berühmtesten Einwohner Arles war Vincent van Gogh. Dieser Maler porträtierte Stadt und Umgebung hundertfach. Nachdem van Gogh dann 1889 auf Antrag der Arleser Bürger interniert, von den noblen Bürgern faktisch vertrieben wurde, besitzt Arles kein einziges seiner Kunstwerke. So erging und ergeht es wohl manchen grossen Genies, die erst nach dem Tode berühmt wurden und werden. Als von Gogh zu Weltruhm gekommen war, hätte sich mancher der Stadtväter am liebsten die Haare ausgerissen, dass seine Vorfahren so dumm, nein, sogar idiotisch gehandelt hatten!

17

Die kuriosen Fluglotsen von Avignon schauten mit ihren Feldstechern genau auf die Vorkommnisse beim Hubschrauber, der etwas abseits von der Wartepiste geparkt war. Mit Sorge beobachteten sie, wie die beiden Piloten plötzlich wie Kartoffelsäcke umfielen und sich der forsche Deutsche mit der Frau davonmachte.

„Wenn die Kerle tot sind, so kennen wir sie einfach nicht! Nur sollten wir den Heli noch etwas genauer untersuchen. Es sollten mit diesem Flug ja nicht nur Menschen, sondern auch noch andere teure Ware transportiert werden! Man hat uns gewiss nicht wegen eines Pappenstiels ‚gekauft'!"

„Schweige! Wir sind hier von Hightech-Geräten umgeben, dass man nie weiss, ob nicht alles, was gesprochen wird, aufgezeichnet werden kann. Gehe mal runter und guck nach, was mit den Zweien los ist und ob sie überhaupt noch leben. Dann kehre den Vogel mal um, und zwar gründlich. Vielleicht findest du etwas, was wir gut gebrauchen können! Wir

Idioten hätten dem Deutschen nichts verraten dürfen. Warum nur waren wir so redselig?"

„Wir taugen einfach nicht für das grosse Geschäft! Wir hatten vor dem Kerl etwas Angst, und das liess unser Mundwerk locker werden. Wer traut denn noch wem in unserer Zeit? Aber jetzt müssen wir einfach mauern und schweigen! Auch gegenüber dem dritten Mann, dem Pförtner. Der ist ja ziemlich dumm und bekommt nichts mit von den normalen, geschweige den zweifelhaften Geschäften!"

Während der eine mit Mikro und Kopfhörern am Bildschirm wartete – um diese Zeit läuft normalerweise noch nichts, aber man weiss ja nie! – schlich der andere zum Heli und untersuchte die beiden Männer am Boden. Bei einem fühlte er noch Puls, beim andern nicht mehr!

„Verflucht, was ist denn hier dazwischen gekommen? Der scheint mausetot zu sein. Nicht dass die Welt dadurch ärmer wird, aber wir werden einen Haufen Fragen und Ärger bekommen! Der andere wird davonkommen, aber hoffentlich dreht ihn die Polizei nicht durch die Mangel."

In aller Eile durchsuchte er nun den Innenraum des Heli und fand auch relativ schnell etwa fünf Kilogramm Schnee, also vermutlich reines Heroin. Der Verlust des Stoffes war wohl für den Überlebenden viel schlimmer als die Flucht einer Dame, die ein paar Jahre Edelhure in einem Edelpuff werden sollte und hernach weggeworfen würde wie ein Häufchen Müll. Den Toten, der vermutlich an einer Überdosis starb, kümmerte das alles nichts mehr! Manchmal ist der Tod doch ein willkommener Gast oder gar ein Erlöser, wenn er schnell und sanft kommt. Zynisch? Kaum!

„Aber hoffentlich kommt dieser Gast und Erlöser nicht auch zu uns. Auch wenn wir ein etwas beschissenes Leben haben, wer lebt nicht trotzdem gerne?"

Der Mann vom Tower nahm die Plastiksäckchen an sich, vergewisserte sich, keine Spuren irgendwelcher Art hinterlassen zu haben, und eilte zu seinem Kollegen wieder auf den Kontrollturm.

Wohl oder übel mussten sie nun den nicht erfolgten Start des Hubschraubers melden und einem Arzt avisieren, dass zwei Männer um die Maschine am Boden lägen und sich nicht rührten. Eine aufgeregte Stimme zu simulieren, fiel ihnen nicht schwer. Hätten Sie sich allerdings die Konsequenzen überlegt, die der Raub des Heroins haben könnte, und dass die beiden Männer des Helis auch nur gut verdienende Briefträger waren, wäre die Aufregung in ihrer Stimme gewiss echt gewesen. Wer einige Kilo reines Heroin klaut, sitzt immer auf einem Pulverfass!

Es bleibt halt doch so, dass auch die intelligentesten Verbrecher oft eine kleine Sache übersehen und eine Dummheit machen. Wie viel mehr die kleinen Gernegross, die das viele Geld blind machen!

Arzt, Krankenwagen und Polizei trafen relativ schnell ein, denn um diese frühe Stunde war für alle diese Spezialisten noch nicht viel Arbeit vorhanden.

Das äusserst wertvolle Teufelszeug, auf das so viele arme Kreaturen fiebrig oder frierend und mit Schweissausbrüchen oder Tobsuchtanfällen warteten, wurde gut versteckt in einem kleinen und geheimen Nebenraum des Towers, so dass nur Drogensuchhunde dies finden würden.

Allmählich trafen weitere Flughafenangestellte und auch einige Passagiere ein, für die es an diesem stinklangweiligen und gewöhnlichen Morgen mehr und mehr Gesprächsstoff und Vermutungen gab, nicht zuletzt, als auch ein Leichenwagen eintraf!

Die Polizei stellte anhand der gefundenen Spritzen fest, dass den beiden Männern eine ziemlich starke Dosis eines Betäubungsmittels verabreicht wurde, wobei einer das nicht überlebt hatte, weil dieser vermutlich an einer Herzkrankheit litt.

„Die beiden Ganoven sind bei Interpol aktenkundig als Rauschgiftzwischenhändler, nur konnte man ihnen bis heute nichts beweisen. Unsere Suchhunde fanden im Heli Spuren von Heroin. Es handelt sich hier vermutlich wieder mal um eine Abrechnung zwischen Dealern! Der Heli ist voller Fingerabdrücken von mindestens zwanzig verschiedenen Leuten. Aber keiner davon ist in unserer Kartei verzeichnet. Es ist wieder mal zum Kotzen!", fluchte der Chef der Polizei.

18

Elfriede Möhle konnte ihren Erich Müller aus dem Krankenhaus in Düsseldorf abholen.
Die Freude beider war gross, und trotz Spezialspeiseplan des Krankenhauses wollten beide den Fortschritt in einem guten Restaurant etwas feiern. „Also, Herr Müller, bitte keinen Alkohol und kein fettiges Essen!", mahnte Elfriede.

„Aber wenn ich Ihnen das Du anbieten darf, brauchen wir wenigstens einen guten Schluck! Mein Name ist Erich!"

Sie stiessen mit einem Glas Sekt auf die Zukunft an und besiegelten diese mit einem erst scheuen und dann mit einem langen und heissen Kuss. So lange, dass einige Besucher des Restaurants belustigt oder auch etwas neidisch zuschauten.

„Komm, Elfriede, ich will dir meine Wohnung und meine Architekturbüro zeigen!"

„Gerne! Die Zeit ist ja endgültig vorbei, in der ein Mann seine Briefmarkensammlung zeigen wollte und dabei etwas ganz anderes dachte!"

„Ist das schlimm?"

„Nein, wenn man verliebt ist, so ist das schön, sogar wunderschön! Nur, Erich, zum ‚Liebe machen' ist es leider für dich noch etwas zu früh. Du musst dich noch sehr schonen, sagte der Arzt! Lieb haben können wir uns trotzdem; das tue ich schon lange!"

„Gehen wir erstmals nach Hause. Alles Weitere findet sich dann!", lächelte Erich.

„Sehr einverstanden!", erwiderte freudig Elfriede.

Zu Hause meinte Elfriede, dass Erich gar nie lebensgefährlich verletzt war. Sie liebten sich durch die halbe Nacht, als wenn dies die erste und zugleich letzte gemeinsame Nacht wäre.

„Was würdest du tun, mein Engel, wenn ich dich einmal betrügen würde?", fragte Erich, nun wirklich nach allem Sex doch müde geworden.

„Zuerst dich und dann mich umbringen! Denk daran: Eine Frau vergisst nie!"

„Danke, das ist eine etwas andere, aber eine wunderschöne Liebeserklärung! Demzufolge lebe ich noch lange!"

19

Etwa zur gleichen Zeit wurde in Avignon der tote Helipilot in aller Stille in einem Gemeinschaftsgrab beigesetzt, ohne religiöse Zeremonie; nicht einmal ein stilles Gebet gab es. Wer sollte auch so etwas durchführen? Bei Interpol war er zwar aktenkundig, aber seine, wie auch die Personalien des Kollegen, der endlich aus seinem Dauerschlaf erwachte, waren falsch. Jener sass in Untersuchungshaft, schwieg bis jetzt aber eisern.

„Früher war das besser. Mit Folter hätte man seinen Namen und die ganze Geschichte, nein, die ganze Sauerei, innert Stunden beisammen!", fluchte der vernehmende Polizeibeamte. „Aber Justitia ist wirklich blind, und unser Gesetz hat keine Zähne mehr. Zumindest bei Kindsmördern und bei Rauschgift sollte etwas Nachhilfe gestattet sein!"

„Es gibt noch viele Länder, in denen dies so gehandhabt wird, aber dort wollte ich nicht leben!", entgegnete sein Kollege. „Nur wenn man daran denkt, wie viele Leben diese Schweine oft auf dem

Gewissen haben, kommen solche Gedanken schon auf!"

Am nächsten Morgen fand man den Inhaftierten erhängt in seiner Zelle. „Da muss jemand nachgeholfen haben, denn nach eindeutigem Selbstmord sieht das nicht aus, auch wenn die Bettlaken dazu zerrissen und verwendet wurden. Ein noch grösseres Schwein hat dem kleineren den Garaus gemacht, dass es nicht plaudert. Nun hat die Polizei wieder nutzlose Arbeit vor sich und die Medien ihre Schlagzeilen!"

Wie wahr, denn auch die beiden Fluglotsen, die frühmorgens im Tower waren, wurden umgebracht, vermutlich nach vorheriger Folter, wie ihre zerschundenen Leichen erzählten. Wahre Sadisten waren am Werk, denn Brandmale von Zigaretten wurden an etlichen Stellen der Körper gefunden.. „Diese sollten womöglich singen. Also waren sie in den Rauschgiftschmuggel mit einbezogen."

In der Kneipe, in der die beiden Leichen gefunden wurden, war nichts von dem Stoff zu finden, obschon alles auf den Kopf gestellt wurde. Wer denkt schon daran, dass das Heroin noch im Flughafen selbst gelagert sein könnte? Ein eventueller Finder schüttet es weg als Milchpulver oder Mehl, oder er erkennt das Ding und wird reich im illegalen Business, oder er ruft die Polizei. Denn irgendwer

musste doch von dieser kleinen geheimen Abstell-
kammer im Tower wissen. Zumindest der Architekt,
wenn der noch lebt und die damaligen Baupläne
noch nicht weggeworfen sind!

Beide Fluglotsen waren geschieden, hatten keine
Kinder und die nähere und weitere Verwandtschaft
wusste nichts, gar nichts! „Wissen Sie, die beiden
wurden verbohrte Einzelgänger und waren ständig in
Geldnöten, nachdem sie wegen Weibergeschichten
von ihren Frauen verlassen wurden!“, war die fast
stereotype Antwort auf entsprechende Fragen der
Polizei.

„Es ist kein Trost, aber es gibt mehr unaufgeklärte
Morde als geklärte! Schliessen wir die Akte nach
einer gewissen Zeit!“, meinte zerknirscht der Polizeichef von Avignon. „Die Grossen in diesem
Drecksgeschäft sitzen sowieso irgendwo im Mass-
anzug und weisser Weste an einer Party in Marseille
oder Paris!“

„Natürlich, zudem mit einer betörend schönen Frau
an ihrer Seite, während die angetraute Gattin an einer Wohltätigkeitveranstaltung den bekannten Fami-
liennamen aufpoliert!“

Die Resignation der Polizei wurde noch grösser, als
kurz darauf noch das Haus abbrannte, in dem der
Hauptpförtner des Provinzflughafens lebte. Erst

durch das Gebiss einer völlig verkohlten Leiche bei seinem Zahnarzt konnte festestellt werden, wer der Tote wirklich war. Weitere Opfer im abgefackelten Hauswaren wohl kaum zu beklagen. Auch dieser Mann lebte allein!

„Was stellt ihr denn für Leute ein für euren Flughafen hier?", war eine ziemlich giftige Frage der Polizei an den Direktor des Unternehmens. „Alles Galgenvögel und Kriminelle. Man prüft doch künftige Angestellte besser und umfassender für solche Vertrauensstellen! Zeigen Sie uns mal die Personalakten dieser zwielichtigen Leute!"

Beleidigt meinte der Direktor „Meine Herren, wir sind hier nicht in Paris, London oder Frankfurt, wo die Leute Schlange stehen für einen solchen Job. Hier muss man froh sein, wenn sich überhaupt jemand meldet. Wir leiden hier unter einem gottverlassenen kleinen Flugplatz. Wissen Sie wie viele Passagiere hier jährlich gezählt werden?"

„Nein, und wir wollen es auch nicht wissen!"

„Sehen Sie, das ist typisch!"

„Was?"

„Dieses Desinteresse aller Leute, auch der staatlichen Stellen!"

„Das ist jetzt nicht das Thema, sondern warum musste dieser Mann auch sterben. Wusste er offenbar etwas von dem Transport dieses Teufelszeugs aus dem Heli? Wer ist überhaupt der Eigner des Hubschraubers?"

„Keine Ahnung! Alle Angaben waren fingiert und bis heute meldete sich niemand! Der Hubschrauber wird wohl ganz bewusst abgeschrieben von seinem Besitzer und still vor sich hinrosten!"

Eine etwas andere, aber auch verheerende Antwort kam ein paar Augenblicke später: „Im Tower des Flughafens ist eingebrochen worden. Es gibt dort einen kleinen versteckten Raum. Unser Drogensuchhund hat in demselben angegeben. Dort muss die Ware zwischengelagert worden sein. Jemand hat also doch geplaudert!"

„Ja, und doch mit dem Leben bezahlt, damit alle Spuren verwischt sind, und wir wieder mal wie die Deppen dastehen. Jetzt brauche ich einen grossen Schnaps!", donnerte der Polizeichef ins Telefon.

Und die zwei Flüchtigen vom Flughafen? Von denen wusste niemand etwas, denn alle Wissenden waren inzwischen tot!

20

Die Reisegruppe war am Ziel, nämlich in Saintes-Maries-de-la-Mer. Zu dieser Gemeinde zählen weitläufige Naturschutzgebiete an der Rhônemündung im Naturpark Camargue. Die ganze Camargue umfasst nahezu eine Fläche von eintausend Quadratkilometern und ist berühmt und malerisch wegen der grossen Flamingoschwärme, die wie ein Traumbild zu bewundern sind, und dann natürlich wegen der wilden weissen Camargue-Pferde, ein Schauspiel, das wohl heutzutage nahezu einmalig ist auf dieser Erde.

Früher sei das Gebiet des Rhonedeltas viel grösser und umfassender gewesen, in dem die geteilte Kleine und Grosse Rhone sich mit dem Mittelmeer vermählt.

Man könnte hier stunden- ja tagelang träumen von einem nahezu perfekten Urzustand unseres Planeten. Aber dazu neigen die Sinne verwöhnter Menschen meistens nicht. Wer Geduld nicht kennt, ist hier vermutlich fehl am Platz, denn jedes Paradies hat neben sich oder sogar in sich auch eine kleine Hölle, wenigstens auf Erden. Der Reiseleiter warnte darum die Gesellschaft vor blutegelverseuchten Sümpfen. Bei solchen Äusserungen legt sich bei manchen die Schwärmerei relativ schnell.

Und noch etwas, wovor der Leiter gar nicht warnen musste, denn jeder erlebte dies sehr unsanft an sich selbst: Heimtückische Stechmücken, Tausende, Millionen oder Milliarden, umschwärmten die Besucher mit ihrem aufreizenden Sirren. Wo ein Stück des schwitzenden Körpers freiliegt, stürzen sich gleich Dutzende dieser Peiniger auf diese Stelle. Tötet man die kleinen Viecher mit einem Klaps, sitzen im Handumdrehen wieder neue darauf.

„Wie weit ist es denn von hier nach Marseille? Oder müssen wir uns eine Ritterrüstung überstülpen, um unser Leben zu retten?", fragte einer der Gequälten. „Rauchen wir alle doch eine Zigarre, das vertreibt die Biester etwas", schlug ein anderer vor.

„Haben Sie denn welche?", fragte ausgerechnet Frau Schmidt.

„Nein, nützt alles nichts oder nur wenig. Kommt, wir fliehen in den Bus. Marseille liegt nur wenige Kilometer weg, und dort wartet auf uns ein wirklich schönes und letztes Hotel unserer Reise!"

„Und dann auch der Rückflug nach Hause. Unsere Schnaken sind auch aufregend, aber kleine Lieblinge gegen diese Höllenbrut!", lachte ein dritter.

„Rhonetal, Glück und Qual!", stellte ein Vierter fest, als sie wieder im klimatisierten Autobus sassen.

„Was überwiegt nun aber bei Ihnen allen?", fragte der Scout.

„Natürlich die Freude und unzählige Eindrücke, die man nicht missen möchte!", meinten die meisten trotz allem wie im Chor!

Das Fünf-Sterne-Hotel Sofitel Marseille Vieux-Port liegt traumhaft mit Blick auf den alten Hafen und die Stadt. Wirklich ein würdiger Abschied von Frankreich, bevor die Gruppe morgen nach Düsseldorf zurückfliegen sollte. Zur grossen Überraschung und Freude trafen genau zum Abendessen auch Heiner und Petra hier ein, müde zwar und etwas abgekämpft, aber glücklich.

„Was habt ihr zwei denn so lange gemacht, nachdem ihr euch endlich gefunden habt?", wurden sie gefragt.

„Wir haben uns verlobt und wollen baldmöglichst heiraten! Wenn man vor Räubern und Halunken fliehen muss, kann das untere Rhonetal ganz schon lang und gross werden!"

„Wenigstens mal ein Telefonanruf wäre ja wirklich nett von euch Turteltauben gewesen!"

„Mein Handy wurde mir gestohlen, und Heiners Akku war leer", erklärte Petra. „Ihr glaubt aber gar nicht, wie schön das Leben ohne diese Dinger ist!"

„Sicher, wenn man verliebt ist, kann man natürlich unmöglich den Akku aufladen oder mit einem altmodischen Telefon mal anrufen, da hat man anderes zu tun!"

„Es gab übrigens in Avignon Tote, am Flughafen und in einer Kneipe!"

„Was Sie nicht sagen! Selbst schöne Gegenden können halt für einzelne Menschen gefährlich werden! Mein Handy sagt, dass es auch noch einen Brand gegeben hat und eine verkohlte Leiche gefunden wurde! Hören wir von Euch frisch Verlobten endlich mal Details?"

„Von uns? Wieso denn? Wir wissen von nichts. Uns genügt, dass wir einander gefunden haben. Wie, das bleibt unser Geheimnis!"

„Natürlich, ihr Spielverderber!"

„Wir sollten uns einigen auf eine nächste Flusserkundung vielleicht für nächstes Jahr. In den Schweizer Alpen entspringen ja noch weitere bekannte Gewässer, wie der Rhein, der Inn im Engadin, der in die Donau fliesst, der Ticino in der Südschweiz, und damit der Po in Italien. Alle diese Flüsse und späteren Ströme fliessen wieder in andere Meere! Es gibt auch im alten Europa noch viel zu sehen und zu erleben! Dabei muss der Weg ja nicht immer von Leichen gepflastert sein!“

„Wie sagte Beckenbauer? Schau'n mer mal!“ Wer sprach denn jetzt dieses grosse Wort? Ausgerechnet Frau Schmidt aus Wuppertal und hoffte auf die letzte Nacht im schönen Frankreich, dass sie wenigstens diese nicht allein verbringen musste!

21

Wieder zu Hause in Oberhausen war Herr Knaup sehr erfreut, als die Lieferung aus Châteauneuf-du-Pape eintraf, um die sechzig Flaschen dieses edlen Rebensaftes. Dank dem Euro konnte er genau prüfen, ob bei der Rechnung geschwindelt wurde oder nicht. „Die Gemeinschaftswährung hat schon Vorteile, Emma! Stimmt alles auf den Cent genau wie dort unten im Rhonetal vereinbart. Unsere Anzahlung ist auch genauestens vermerkt. Solange nicht alle Länder der Eurozone Konkurs gehen, vereinfacht dies manches gegenüber früher!"

Emma, keine überzeugte Weintrinkerin, meinte: „Ja, solange Deutschland Milliarden hineinpumpt in den ganzen Klub, und zwar mit unseren Steuergeldern, mag dies noch gehen. Obschon der Euro auch den Namen Teuro verdient. Ist denn nicht alles viel teurer geworden in den letzten Jahren?"

„Das wäre auch ohne Euro der Fall! Und Deutschland gewinnt durch den Euro ziemlich mächtig mit. Übrigens: Frankreich zählt nicht zu den Ländern, denen geholfen werden muss!", erwiderte Walter Knaup etwas erbost.

„Es ist alles heute so undurchsichtig miteinander verwoben, dass kein Mensch mehr klar kommt. Letztlich geht es auch Frankreich und uns an den Kragen."

„Du liest zuviel Zeitung, Emma! Lass dich doch nicht bedrücken von all den Zukunfts-Propheten. Wir leben jetzt und hier und wollen die Tage geniessen. Unsere Väter haben zweimal alles verloren, und doch haben wir uns wieder hochgerappelt!"

„Ja, indem wir hart geschuftet haben und nicht einfach in der Sonne liegen wie mancher im Süden! Trotzdem sind wir hier in Oberhausen die höchstverschuldete Grossstadt in Deutschland

„Auch so ein albernes Klischee. Was kümmert uns das? Schluss jetzt mit der Diskussion. Wir köpfen lieber gleich eine Flasche und stossen auf die Zukunft an!"

Gesagt, getan! Der edle Tropfen glänzte purpurrot in zwei kristallenen Weingläsern, die der Weinbauer nach dem getätigten Kauf als kleines Präsent den Knaups mitgab. Dies war auch gut so, denn Wein trinken lernte das ältere Ehepaar erst so richtig im Rhonetal. Sie hatten kaum anständige und richtige

Rotweingläser in ihrem Haushalt, denn in Oberhausen trinkt man doch vermehrt noch ein gutes und kühles deutsches Bier. Gewiss vor allem auch in Kreisen der Knaups, die als kleinere Beamtensenioren zum ersten Mal in Frankreich und in der Schweiz waren. Der „Grosseinkauf" von Côte-du-Rhône-Weinen lag eigentlich über ihrem Budget, wurde aber getätigt, nachdem Walter bei der Weinprobe schon etwas angesäuselt war.

„Sollte man denn den Wein nicht erst ein wenig lagern, bevor man ihn öffnet und trinkt?", fragte Emma.

„Ja, schon. Aber jetzt ist der Kork raus, und jetzt geniessen wir unsere Reise bei einem guten Schluck nochmals!", erwiderte Walter. „Zum Wohle, Emma! War doch schön in den Alpen und am Meer, nicht?"

„Gewiss, aber mir gefällt es hier auch, denn hier bin ich geboren und zu Hause!"

Die Gläser klangen aber für geübte Ohren nicht so ganz wie Kristall. Nach der ersten Probe sagte niemand ein Wort. Irgendwie waren sie es einfach noch nicht gewohnt, Wein zu trinken, geschweige denn zu geniessen. Oder war die Flasche wirklich nach dem langen Transport noch nicht so richtig trinkreif? War die Temperatur nicht optimal? „Ach was, komm

Emma, lass uns weiter trinken. Man muss sich an alles erst gewöhnen!"

Sie nippte nur, und er trank, als hätte er eine Münchner Mass Bier vor sich.

„Du kannst mir sagen, was du willst, aber mit diesem Gesöff stimmt etwas nicht!", konstatierte Emma nach längerer Zeit der Besinnung. „Dieser Geschmack ist einfach komisch!"

„Soll ich den Rest ausschütten?", fragte Walter mit etwas schwerer Zunge.

„Von mir aus wohl!"

Als Walter aufstand und die Flasche auf dem Salontisch im Wohnzimmer packte, um sie in der Küche auszugiessen, taumelte er ganz schwindelig auf den Beinen, knickte schliesslich ein und glitt stöhnend zu Boden. „Um Himmels willen, was hast du denn?", kreischte Emma auf, die ihrerseits auch ein eigenartiges Gefühl im Leib spürte.

„Ruf unseren Arzt, Emma! Mit diesem Wein muss doch etwas nicht in Ordnung sein. Bitte sag Dr. Matter, es sei dringend!", stockte er hervor. „Mir ist kotzeelend, und in meinem Magen brennt ein Feuer!"

22

Dr. Matter kam relativ schnell, untersuchte den am Boden liegenden Knaup und beorderte die Ambulanz. „Haben Sie etwas Besonderes gegessen oder getrunken, Frau Knaup?"

„Ja, diesen Wein hier, der soeben aus Frankreich eingetroffen ist!"

„Hm, eine besondere Marke; sehr bekannt! Daran kann es wohl kaum liegen!", brummte der Arzt vor sich hin.

„Ich gebe Ihrem Mann eine Injektion für den Kreislauf und etwas gegen die Schmerzen. Das Weitere muss eine Untersuchung im Krankenhaus ergeben. Ich nehme aber sicherheitshalber die Flasche Wein und die zwei Gläser mit. Sie sollen im Labor untersucht werden. Wenn nichts gefunden wird, umso besser!"

Die Rettung war bald da, und die Sanitäter mussten den Mann auf eine Bahre hieven, denn Knaup war nicht imstande, sich zu erheben. Aschgrau vor Sorge im Gesicht fragte Emma die Leute: „Kann ich mit ins Krankenhaus?"

„Gewiss! Kommen Sie, gute Frau. Steigen Sie in den Wagen und bleiben Sie bei Ihrem Mann. Wir sind in gut zehn Minuten dort, natürlich mit Sirene und Blaulicht, denn die Strassen sind ja wieder mal verstopft. Auf der Station steht alles bereit!", erklärte freundlich ein Sanitäter.

Herr Knaup fiel während der rasenden Fahrt der Ambulanz ins Koma. Alle Worte seiner Frau hörte er nicht mehr, alle Tränen sah er auch nicht mehr.

Im Krankenhaus wurde Knaup sofort der Magen ausgepumpt und Mittel zur Stabilisierung gespritzt sowie an die Infusion gehängt. Banges und quälendes Warten begann, scheinbar endlos. Relativ schnell kam der Bericht vom Labor, dass im Rotwein ein bisher unbekanntes Gift, vermutlich aus Nordafrika, gefunden wurde. Alle Bemühungen nützten nichts. Alle ärztliche Kunst versagte. Ohne irgendetwas zu fühlen und zu merken, entschlummerte Walter Knaup und verliess seine Frau kurz nach der Goldenen Hochzeit, für die sich beide diese Reise der Rhone entlang gegönnt hatten, für immer. Diese heimtückische und tödliche Substanz hatte längst schon die Blutbahn erreicht.

Nach dieser grausamen Botschaft der Ärzte, die Emma dies schonend beibringen wollten, starrte diese nur noch wortlos vor sich hin und hatte keine Flüssigkeit mehr im Körper für Tränen. Es war ein unheimliches Bild, diese völlig gebrochene Frau an der Seite ihres toten Mannes die ganze Nacht zu sehen. Dies ging nicht nur unter die Haut, dies ging durch Mark und Bein, ja durch die Seele!

Die Polizei in Oberhausen sammelte die wenigen Fakten und nahm mit ihren Kollegen in Avignon Kontakt auf. Einige, aber längst nicht alle Flaschen waren mit einer Nadel durch den Korken angepiekst worden. Ein Weinkenner hätte vielleicht den kleinen Einstich in der Ummantelung des Korks gesehen. Aber eben, auch nur vielleicht.

„Hört denn bei uns diese ganze Schweinerei nie mehr auf?", klage der dortigen Chefkommissar in Avignon. „Erst diese Rauschgiftsache, und nun auch noch edler französischer Wein, der vergiftet sein soll?"

„Merde alors!", was auf Deutsch soviel wie Scheisse heisst, entfuhr es dem Weinbauer Pierre Grandjean in Châteauneuf-du-Pape, als etliche französische und sogar ein deutscher Polizeibeamter seine riesigen Weinkeller kontrollierten und alle Angestellten befragten.

„Wir hatten noch nie Probleme mit unserem Wein, der in viele Länder exportiert wird! Was können wir dafür, wenn die Deutschen Gift in unseren edlen Rebensaft schütten?"

„Keine voreiligen Schlüsse, Monsieur Grandjean! Lassen Sie uns ungestört unsere Ermittlungen durchführen!", bellte der französische Beamte. Einer der Mitarbeiter bei der Flaschenabfüllanlage meinte: „Da war doch dieser Algerier aus den Banlieues von Lyon oder Marseille, der dann plötzlich abhaute und meinte, dass er zurück nach Algier wolle. Frankreich sei auch kein Paradies, und er würde überall behandelt wie ein Aussätziger. Wie war gleich sein Name? Ali Bourfika oder so was ähnliches!"

„Bestehen Personalienakten? Wann ist er zurück nach Algier?", fragte der Beamte weiter.

„Ach wissen Sie, Monsieur, das war nur ein Gelegenheitsarbeiter, der eine kurze Zeit hier arbeitete. Über solche führen wir keine Akten!", erklärte Grandjean. „Das ist wie in Spanien die Erdbeerpflücker oder im Elsass die Spargelstecher!"

„Sie beschäftigen also auch Schwarzarbeiter?"

„So kann man dem nicht sagen!"

„Doch, man kann! Wo war sein Spind?"

„Ich glaube dort hinten, der dritte oder vierte!"

„Sofort die Spurensicherung her", brüllte der Kommissar nun in sein Handy.

Einer der Mitarbeiter meldete sich: „Sein Vater war aktiv im Algerienkrieg tätig und brachte viele Franzosen und Fremdenlegionäre um. Er hätte dazu ein geheimes Gift verwendet, das er aus irgendwelchen geheimen Quellen bezog. So prahlte Ali einmal, als er besoffen war!"

„Dann müssen wir der Spur, wenn das eine ist, in Algerien nachgehen!", konstatierte der deutsche Beamte.

„Wissen Sie, was Sie da sagen?", lachte der Franzose. „Algerien ist flächenmässig nahezu zehn Mal so gross wie Deutschland und zählt über dreissig Millionen Einwohner! Der blutige Algerienkrieg liegt über fünfzig Jahre zurück und kostete etwa eine Million Menschenleben!
Wo wollen Sie beginnen? In der Hauptstadt Algier? Dort allein suchen Sie mit einer ganzen Brigade ein Jahr lang und finden nichts! Nicht mal, wenn die ganze deutsche Wehrmacht dort einrückt!"

„Wir haben Gott sei Dank keine Wehrmacht mehr, sondern nur noch die Bundeswehr!", erwiderte der

Deutsche etwas beleidigt. „Ich denke eher an Geheimdienstarbeit!"

„Dann pflügen Sie mit Ihrem Geheimdienst mal die halbe Sahara um! Einfach ein unmögliches Unterfangen!"

Die Spurensicherung fand nichts Verwertbares. Ali war ja auch schon über ein halbes Jahr weg, und der Spind wurde inzwischen vermutlich von vielen weiteren Schwarzarbeitern benutzt. Allerdings wurden unter den zehntausenden von Flaschen doch noch etwa zwanzig mit dem besagten Stich im Kork wie von einer Injektionsnadel, mühsam aussortiert. Diese wurden sofort untersucht, und die Toxikologen in Frankreich kamen zum gleichen Ergebnis wie ihre deutschen Kollegen: „Bisher unbekanntes Gift, vermutlich aus Nordafrika. Interessantes Forschungsgebiet für unsere Spezialisten!"

Der Weinbauer Grandjean hatte Glück, dass nichts an die Presse ging und sein Laden nicht geschlossen wurde. Man konnte sich eine solche Sauerei in Châteauneuf-du-Pape einfach nicht leisten. Er bat den Deutschen inständig, auch in seiner Heimat grösste Diskretion zu bewahren.

„Das wär's dann! Grüssen Sie mir Deutschland! In einem halben Jahr gehe ich in den Ruhestand. Hoffentlich ist der Staat dann nicht schon pleite, dass ich wenigstens meine Rente beziehen kann. Sonst komme ich hierher, um als Schwarzarbeiter Flaschen abzufüllen und ein paar Euro zu verdienen oder dann wieder Franc! Bei mir wäre das kein Problem, denn ich kenne kein unbekanntes Gift. Sonst würden vielleicht ein paar Leute in der Regierung sterben, aber nicht unser edler Tropfen", meinte der Polizeiinspektor sarkastisch.

23

Die Trauerfeier für Walter Knaup in Oberhausen war einfach, schlicht, aber irgendwie ergreifend. Der Laienprediger einer Freikirche fand herzliche, ja tröstende Worte und legte der ganzen Bestattungszeremonie das Bibelwort aus Jesaja 55, Vers 10 zugrunde. Ein kleiner Chor sang verständliche und fast volkstümliche Lieder, die aber allen zu Herzen gingen.

„Freude und Leid, Glück und Qual, liegen so nahe beieinander. Wir sollen und müssen für beides gewappnet sein. Das Wort Gottes und seine Gnade helfen über alles hinweg und reichen hinein in ein neues Leben. Wichtig ist, dass wir nicht leer in jene Welt hinüber gleiten.", sagte unter anderem der Prediger.

Und Emma Knaup, die sich wieder etwas gefangen hatte, aber trotzdem gebrochen wirkte und ohne Lebenswillen, meinte: „So wurde mein Walter nun also das einzige Opfer aus der Reisegruppe, obschon es im Umfeld weitere Tote gab. Ich gehe nie mehr in die Schweiz, nach Frankreich oder gar nach Afrika. Überall nur ein Haufen böser Leute und Verbrecher. Gott, lass auch mich bald zu meiner letzten Reise antreten. Hinüber zu Walter in eine bessere Welt!"

„Wir verstehen Ihren Kummer und Ihr Leid, Frau Knaup. Aber deswegen können Sie nicht ganze Völker oder Kontinente verdammen! Hass erzeugt eben immer Gegenhass und ein Ausblenden aller Vernunft und menschlicher Gefühle. Was die Leute in den Banlieues erleben, ist oft menschenunwürdig, ganz gleich, ob sie auch selbst ein wenig daran schuld sind. Und was sie zum Teil daraufhin tun, ist ebenso abscheulich. Aber so ist halt der Mensch ohne höhere Grundsätze.

Zudem wird mit den Menschen seit alters her auch durch die Mächtigen ein Spiel getrieben, das verabscheuungswürdig ist. Sie und ich können das nicht ändern. Es wird sich aber irgendwann in der Zukunft einmal ändern, und zwar durch eine höhere Macht, an die heute leider nur noch Wenige glauben!", tröstete sie der Prediger bei einem Kaffee in ihrem Haus nach der Trauerfeier.

„Sie haben schon recht! Aber lassen Sie mich mit meinen Gedanken, die bei Walter sind.
Ich gehe gewiss bald auch zu ihm!"

So war es auch! Emma starb ein Vierteljahr später eines ganz natürlichen Todes und wurde im Grab ihres Mannes beigesetzt. Ein ganz durchschnittliches, gewöhnliches und vielleicht etwas altmodisches Ehepaar. Und doch etwas Besonderes!

24

In Klagenfurt staunte die ehemalige Krankenschwester Maria Krabichler aus Lyon nicht schlecht, als bei ihr zu Hause plötzlich Ernst Sander auftauchte.

„Sind Sie erstaunt, mich wiederzusehen?"

„Ja, und erfreut zugleich. Ich hoffte von ganzem Herzen darauf, denn wissen Sie, eine Frau vergisst nie, im guten wie im bösen Sinn, wenn es um Herzensangelegenheiten geht. Willkommen in Kärnten! Meine Eltern und ich sitzen gerade bei der Jause. Kommen Sie, setzen Sie sich zu uns. In Nordrhein-Westfalen sagt man, glaube ich, kleiner Imbiss!"

Die Begrüssung war vorsichtig herzlich. Die Eltern von Maria sahen natürlich in jedem Mannsbild zunächst einen Lüstling, der ihre Tochter schänden könnte. Sie lebten noch ziemlich zurückgezogen in dem kleinen Dorf leicht ausserhalb von Klagenfurt und pflanzten hauptsächlich Weinreben an. Sie schenkten nach ihrer Meinung natürlich den besten

Weisswein der Welt aus. „Möchte der Herr auch einen ‚verlängerten Weissen'?"

„Gerne! Aber erklären Sie mir bitte, was das für ein Getränk ist!"

„Einfach Weisswein mit Mineralwasser verdünnt! Man verträgt dann viel mehr", lachte Maria.

„Obschon es eigentlich eine Sünde ist, unseren fabelhaften Wein mit Wasser zu pantschen. Das ist etwas für Frauen! Wir Männer lieben eher den reinen Traubensaft, nicht wahr, Herr Sander?"

„Oh, Sie kennen meinen Namen?"

„Kunststück. Den hörten wir mehrmals täglich aus dem Mund unserer Tochter!"

„Vater, nicht alles über mich verraten!"

„Doch, aber als Gegenleistung möchte ich auch alles über deinen Schwarm wissen!", ergänzte Herr Krabichler. „Und dann kann ich entscheiden, ob der Mann was taugt für dich, meine einzige Tochter!"

„Vater, wir leben im einundzwanzigsten Jahrhundert und nicht mehr im Mittelalter!", korrigierte Maria ihren Herrn Papa, der sich wohl gerne als kleiner Pascha aufführte.

„Ja, leider!", war seine mürrische Antwort, die aber gar nicht zum Ausdruck seiner Augen passte. Maria bemerkte, dass Ernst wohl gut bei Vater ankam. „Was sind Sie von Beruf, Herr Sander?"

„Ich leite eine kleine Möbelschreinerei in Deutschland. Aber es ist leider wie überall, die Kleinen werden von den Grossen verdrängt oder gefressen!"

„Einen Tisch und Stühle brauchen alle, um was zu essen, und auch ein Bett zum Schlafen. Die Jungen sogar noch zu anderen Zwecken!", erwiderte Vater Krabichler. Und hier kann man den Grossen gewiss die Stirne bieten mit guten Ideen!"

„Ja, könnte man! Aber wenn einer gute Ideen entwickelt, wird er von den Grossen ‚gekauft' und bei ihnen beschäftigt! Es ist wie in der Natur. Die Grossen fressen die Kleinen!", erwiderte Ernst.

„Kommen Sie zu uns nach Kärnten. Hier wird ehrliches Handwerk noch geschätzt und ein gewisser Absatzmarkt steht dem Tüchtigen noch eher offen, als in den grossen Ballungszentren! Im Süden liegt Slowenien, im Osten Ungarn und so weiter. Die Leute dort schätzen noch ehrliche Handarbeit, auch bei Möbeln! "

„Darüber muss ich mal nachdenken!"

„Tun Sie das, junger Mann! Nicht jedermann kauft bei uns im Grosshandel oder übers Internet seinen Hausrat!"

So ganz vom vorigen Jahrhundert schien Vater Krabichler nicht zu sein. Auch eine gewisse Bauernschläue blitzte aus seinen Augen. Die Jause dehnte sich aus bis zum Abendessen, und die Gespräche waren vielseitig und interessant. Nur, Maria und Ernst wollten auch mal allein sein. Dies liess aber der Familiensinn der Krabichlers, oder besser gesagt das wachsame Auge des Alten nicht zu.

Die Mutter, natürlich auch mit dem Namen Maria, meine dann auch zur vorgerückten Stunde: „Vater, die jungen Leute möchten vielleicht auch noch einige Augenblicke unter sich sein!"

„Dazu haben sie später noch lange genug Zeit!", meinte Josef Krabichler trocken.

„Wann später, Vater?", fragte die wohlbehütete Tochter.

„Wenn ihr mal anständig verlobt und dann getraut seid!"

„Nein, dann stören uns die Kinderchen mit ihrem Gebrüll!", lachte die junge Maria.

„Dass ihr mir auch ein paar prächtige Enkel liefert! Hier in Kärnten haben wir noch Platz. Und jede zweite Nacht könnt ihr sie uns bringen zum Gaumen!"

„Wer sagt denn, dass wir in Kärnten wohnen wollen?"

„Ich! Ihr wollt doch nicht ins kalte und verregnete Deutschland, wenn man hier praktisch schon ein Mittelmeerklima hat! Sie können bei uns heute Nacht schlafen, Herr Sander. Aber allein, wir haben eine Kammer für Gäste!"

„Du willst mich einfach Tag und Nacht überwachen, du Haustyrann", erklärte die Tochter. Weißt du auch noch, vielleicht von früher, dass die Liebe hundert, nein, tausend Wege findet?"

Krabichler grummelte danach etwas vor sich hin, das man kaum verstand. Heraus hörte man aber doch: „Macht uns keine Schande!"

„Vater, komm endlich im einundzwanzigsten Jahrhundert an!"

„Ich bin ja im Anflug in die neue und verrückte Zeit!"

Nun, die Liebe fand tatsächlich Wege, dass sich beide fanden und eine leidenschaftliche Nacht erlebten. Für Ernst und Maria war dies die Erfüllung und das höchste Glück aller Gefühle, und nicht einfach der Hormonspiegel, der damit etwas abgebaut oder besser gesagt wieder reguliert wurde!

Epilog

So wurden am Ende de Rhonetalfahrt nach und nach drei Ehen geschlossen, die den Namen noch verdienen. Auch ein kleines Wunder in einer Zeit, wo der One-Night-Stand, der sogenannte Lebensabschnittpartner, das Alleinsein, die gleichgeschlechtliche Verbindung und dann natürlich die baldige Scheidung wegen einer Lappalie an der Tagesordnung sind!

Langweilig, spiessig, Heuchlerei, veraltet, eine Art Gefängnis? Nun, für viele vielleicht schon. Für andere ist dies aber immer noch und immer wieder das wahre Glück und die Erfüllung des Daseins!

Wie sagte der „alte Fritz", König der Preussen, vor langer Zeit? „Soll doch jeder nach seiner Façon selig werden!"

Zur Hochzeit von Maria Krabichler und Ernst Sander kamen nebst dem ganzen Dorf auch einige Gäste aus Deutschland, unter anderem nämlich Petra Gerster und Heiner Ganz, die schon Nachwuchs bestellt hatten, was man deutlich sah! Auch Erich Müller und Elfriede Möhle beehrten die beiden.

„Wohin geht denn bei euch die Hochzeitsreise?", fragten Erich und Elfriede das junge Ehepaar.

„Wie könnt ihr auch so dämlich fragen? Natürlich nach Lyon! Und, was plant denn ihr?"

„Montreux in der Schweiz ist auch nicht schlecht. Wir hatten ja letztes Mal dort leider so wenig Zeit!", reagierten die beiden prompt.

Bleiben noch Petra Gerster, die Medizinstudentin, und Heiner Ganz, der Detektiv. „Und ihr beiden?", wurden sie stürmisch befragt.

„Wir? Wir heiraten nächsten Monat in Avignon! Ihr seid alle herzlich eingeladen!"

„Lasst ihr euch auch kirchlich trauen?"

„Ja, das gehört sich so, besonders in der Stadt der Päpste. Aber ihr würdet staunen, wenn ihr seht, wie und wo wir uns kirchlich trauen werden! Es existieren nicht nur die sogenannten grossen Kirchen! Kommt doch, dann erlebt ihr vielleicht etwas Neues!"

„Und so etwas ausgerechnet von einer angehenden Akademikerin und einem Detektiv. Wirklich, die Welt ist voller Wunder und viele Leute sind wunderlich. Aber gerade dies macht alles viel interessanter, als sich einfach im grossen Strom der grossen Meinungen mittreiben zu lassen!"

Wer sprach denn das Schlusswort? Zu aller Erstaunen der alte Herr Krabichler! „Was meinst du, Maria, wollen wir auch mal eine Auslandreise wagen? Avignon wäre doch eine Adresse für eine gute Gläubige wie dich!"

Nein, das wirkliche *Schlusswort* haben meist die Frauen, denn Maria meinte vergnügt:

„Gerne!"

Weitere Bücher von F.U. Ricardo bei Books on Demand

Brot und Salz – Die Kerze
ISBN 978-3-8423-8366-1, Paperback, 300 Seiten

Der etwas andere Jakobsweg
ISBN 978-3-8482-1437-2, Paperback, 152 Seiten

Der Raub des Luzerner Mädchens
ISBN 978-3-8370-3802-6, Paperback, 164 Seiten

Die mystische Zahl Sieben
ISBN 978-3-8391-8774-6, Paperback, 200 Seiten

Drei Welten – drei Leben
ISBN 978-3-8370-9983-6, Paperback, 220 Seiten

Eifersucht / Dramen am Weissfluhjoch und am Tafelberg
ISBN: 978-3-8423-8128-5, Paperback, 371 Seiten

Einsame Spitze – an der Spitze einsam
ISBN 978-3-8423-3777-0, Paperback, 172 Seiten

Geld stinkt nicht – Brot und Spiele
ISBN 978-3-8448-1651-8, Paperback, 312 Seiten

Grosser kleiner Mann? – Kleiner grosser Mann
ISBN 978-3-8391-5212-6, Paperback, 180 Seiten

Leuchttürme
ISBN 978-3-8391-1170-3, Paperback, 124 Seiten

Mit Scherz und Schmerz zum Herz
ISBN 978-3-8391-5285-0, Paperback, 168 Seiten

Nichts Neues! Wirklich?
ISBN 978-3-8391-1067-6, Paperback, 124 Seiten

Paradies und Hölle in Ascona / Schmelztiegel
ISBN 978-3-8423-7873-5, Paperback, 344 Seiten

Perlen im Wüstensand
ISBN 978-3-8482-0380-2, Paperback, 204 Seiten

Reicht ein Quadratmeter?
ISBN 978-3-8391-4807-5, Paperback, 136 Seiten

Reise nach (N)irgendwo – Immer zu klein
ISBN 978-3-8448-1251-0, Paperback, 272 Seiten

Sehnsucht Puszta
ISBN 978-3-8391-4148-9, Paperback, 140 Seiten

Späte Ehre
ISBN 978-3-8423-6031-0, Paperback, 168 Seiten

Tödliches Missgeschick im Frisiersalon?
Mord beim Italiener!
ISBN: 978-3-8482-0983-5, Paperback, 240 Seiten

Unendlicher, unergründlicher Nil
ISBN 978-3-8423-8109-4, Paperback, 180 Seiten

Upstairs – downstairs
ISBN 978-3-8482-1155-5, Paperback, 164 Seiten

Wolken über der Toskana
ISBN 978-3-8391-4431-2, Paperback, 140 Seiten